天魔神教
洛陽本部

천마신교
낙양본부

천마신교 낙양본부 5

정보석 新무협 판타지

초판 1쇄 찍은 날 § 2020년 10월 16일
초판 1쇄 펴낸 날 § 2020년 10월 23일

지은이 § 정보석
펴낸이 § 서경석

편집책임 § 김예슬
디자인 § 노종아

펴낸곳 § 도서출판 청어람
등록번호 § 제387-1999-000006호
등록일자 § 1999. 5. 31
어람번호 § 제2-2849호

주소 § 경기도 부천시 부일로 483번길 40 서경B/D 3F (우) 14640
전화 § 032-656-4452 팩스 § 032-656-4453
http://www.chungeoram.com
E-mail § chungeorambook@daum.net

ISBN 979-11-04-92268-8 04810
ISBN 979-11-04-92204-6 (세트)

天魔神教
洛陽本部

정보석 新무협 장편소설

FANTASTIC ORIENTAL HEROES

천마신교
낙양본부

5

天魔神教
洛陽本部
천마신교
낙양본부

次例

第二十一章

짜증 난다.

대체 이 마음의 걸림은 뭘까?

소청아는 누운 자리에서 일어났다.

"사매, 왜 그래? 어디 가게?"

"……."

소청아는 녹준연의 질문에도 묵묵히 옷고름을 맸다. 반쯤 풀어헤친 상의의 주름 하나하나 놓치지 않고 가다듬은 그녀는 이젠 양손으로 자신의 머리에 손을 가져갔다. 녹준연이 선물해 주었던 옥빗으로 머릿결 하나하나 다듬기 시작했다.

녹준연은 아무런 말도 하지 않는 그녀를 올려다보았다. 아무런 감정도 내비치지 않는 무표정한 얼굴이 그의 자존심을 긁으며 찌릿한 아픔을 주었다. 그는 소청아의 눈치를 살피더니 말했다.

"벼, 별로였어?"

그 말을 듣는 순간 소청아의 표정에서 짜증이 올라왔다. 그녀는 금세 얼굴을 숨겼지만, 그녀만 주시하던 녹준연은 놓치지 않았다.

소청아는 곧 퉁명스럽게 말했다.

"사형 때문이 아니니까 신경 쓰지 마요."

"나, 낮이라 그럴 거야. 아, 알잖아? 밤에는……."

소청아는 머리카락을 잡던 왼손으로 검지를 편 뒤에, 녹준연의 입에 가져갔다. 그러곤 최대한 맑게 웃으면서 녹준연에게 말했다.

"사형 때문 아니에요. 알겠죠?"

"……."

"걱정 마시라구요."

"그, 그래."

소청아는 다시 머리를 정리하더니 자리에서 일어났다. 녹준연은 그가 선물해 준 옥빗이 다시 그녀의 품속으로 들어가는 것을 보며 작은 안도의 숨을 내쉬었다.

소청아는 한쪽에 놓은 자신의 매화검을 들더니 말했다.

"일이 있어서 먼저 가 볼게요. 정말 괜찮았으니까, 쉬려 놓으세요."

일이라…….

녹준연은 검집을 허리에 묶는 그녀를 보며 참았다. 경공을 펼치기 위해서 내력을 끌어올 때 한 번 더 참았다. 그러나 마지막으로 작별 인사를 하는 그녀의 미소를 보곤 참지 못했다.

"무, 무슨 일인데?"

소청아의 입꼬리가 살짝 내려왔고, 녹준연은 그것을 눈치챘다. 그리고 그가 눈치챘다는 것을 소청아가 눈치챘고, 그것을 또 녹준연이 눈치챘다.

어색한 침묵이 잠시 흐른 뒤에, 소청아가 몸을 돌리며 말했다.

"있다 봬요."

그녀는 녹준연의 거처에서 사라졌고, 홀로 남은 녹준연은 자기도 모르게 자신의 알몸을 내려다보았다. 무공으로 다진 그의 몸은 어느 여성이라도 얼굴에 홍조를 감추지 못할 정도로 매력적이었다. 하지만 이미 힘을 잃고 난 그의 성기는 어린아이의 그것과도 같았다.

"작나……."

밖에서 우연히 그 중얼거림을 들은 소청아는 자기도 모르게 웃어 버렸다. 마지막까지도 고민하다가 출발이 조금 늦은 탓이었다.

기분이 괜찮아진 그녀는 본격적으로 경공을 펼치며 화산의 길을 따라 움직였다.

"그래, 귀엽기라도 하니 다행이지. 너무 계집애 같아서 짜증 나긴 하지만."

운우지락(雲雨之樂)으로도 가시지 않던 마음의 걸림이 녹준연의 작은 독백으로 인해 조금은 희석되는 것 같았다. 소청아는 더욱 속력을 내며 요유각(療癒閣)으로 발걸음을 재촉했다.

탁.

요유각 앞에 선 그녀는 이제 막 밖으로 나온 정채린과 마주쳤다.

갑자기 이리 마주치니 무슨 말을 해야 할지 모르겠다.

정채린이 먼저 말했다.

"설마 기다리고 있었니?"

무공을 잃고 범인이 되었지만 정채린의 얼굴은 여전히 아름답다. 매번 그 얼굴에서 눈길을 뗄 수 없었는데, 지금도 그럴 수가 없다.

소청아는 대수롭지 않다는 듯 말했다.

"파문제자를요? 제가 왜요?"

"그럼?"

"그냥 와 봤어요. 어떻게 됐나 하고……."

소청아의 시선이 점차 내려와 정채린의 복부로 향했다. 정채린은 힘겨운 듯 집채 기둥에 반쯤 기대고 있었는데, 왼손으로 자신의 복부를 가리고 있었다.

아니, 지그시 누르고 있었다.

정채린이 말했다.

"너로구나. 나를 요유각에 데려온 것이."

"……."

"파문당하여 화산의 대문에 버려질 터인데, 소타선생께서 직접 나를 이곳까지 데려왔을 리는 없잖니?"

소청아는 정채린의 복부에 시선을 고정하며 나지막하게 말했다.

"내공을 폐하고 범인이 되셨으니, 범인으로라도 잘 사셔야죠. 누군가의 아내가 되고 또 어머니가 되려면 그래도 아기집은 성해야 하지 않겠어요? 혹시나 해서 데려와 봤어요."

정채린은 입술을 살짝 깨물었다.

"왜?"

"몰라요."

"……."

"그냥 마지막 남은 정이라고 생각해 주세요. 사저가, 아니, 언니가 파문당하게 된 건 유감이에요."

소청아는 정채린의 눈길을 피했다.

파문의 조건 중 하나는 같은 항렬의 만장일치다. 다시 말하면, 소청아 혼자라도 반대했다면 정채린은 파문당하지 않을 수 있었다.

유감이라.

정채린은 잠시 문턱에 주저앉았다.

"그래도 죄책감은 느끼는구나."

정채린의 말을 듣자 소청아는 자신의 마음에 들어찬 그 묵직한 것이 무엇인지 깨달을 수 있었다. 이제 보니 지금에서야 알아챘다는 것이 우스울 정도다.

소청아가 말했다.

"죄책감… 맞아요, 죄책감."

정채린은 나지막하게 말했다.

"용서할게."

"……"

"내가 마지막까지 네 정진에 방해가 되고 싶지는 않아. 용서할게. 죄책감을 가질 필요 없어."

소청아는 양손의 주먹을 꽉 쥐더니 말했다.

"칫, 진짜. 끝까지 잘난 척하지 마요."

"……."

"운정 도사가 그리 좋았나요? 화산을 배신할 만큼?"

"난 화산을 배신하지 않았어."

"그럼 그 마성(魔性)은 뭐예요?"

"이계마법사와 싸웠던 영향으로 생긴 것 같아. 내가 화산을 배신하려는 마음을 품었기에 생긴 것이 아니고."

"장례식에도 안 왔잖아요? 대악지옥에 있었어도 장례식에 참석하고 싶다 했으면 충분히 올 수 있었어요. 변 사형의 장례식에도 모습을 보이지 못했다면 적어도 다른 사람의 장례식……."

정채린은 힘없는 목소리로 그 말을 잘랐다.

"정신이 없었어."

"정말 끝까지. 그렇게 자신의 잘못을 인정하지 않으니, 참회할 수조차 없고, 그래서 파문당하신 거잖아요! 모르겠어요?"

"내가 잘못하지 않은 걸 했다고 할 순 없어, 소 사매."

"사저!"

"……."

또다시 어색한 침묵이 찾아왔다.

정채린은 곧 고통에 몸을 몇 차례 떨었다.

소청아는 천천히 정채린의 옆으로 와서 앉아, 그녀의 등에 손을 대었다. 그리고 진기를 불어넣어 주었고, 고통이 가신 정채린의 표정이 한결 나아졌다.

소청아가 앞으로 고개를 돌리며 말했다.

"끝까지 결백해요?"

"그래."

"매화검수의 지침 아시죠? 악인이 악인인 이유는 자신의 잘못을 인정하지 않기 때문이에요. 참회를 결심한다면 악인은 그 순간부터 악인이 아니고, 그래서 참회를 결심한 악인에겐 우린 손을 댈 수 없어요. 죽일 수 있는 건 끝까지 자기가 잘했고 억울하다고 소리치는 놈들이라구요."

"알지."

"지금 사저가… 언니가 딱 그 꼴이에요."

"하지만 그리 느끼는 걸 어떻게 해? 사실이 그런 걸, 내가 어떻게 해? 연기를 할까? 참회라는 것이 연기해서 할 수 있는 거야?"

"……"

"소 사매는… 소 동생은 내가 밉지?"

"……"

"그런데 왜 마지막까지 날 도와주는 거야?"

소청아는 정채린으로부터 고개를 돌려 버렸다.

"불쌍해서요."

"불쌍해?"

"봐 봐요, 여기 누가 있나. 무슨 목숨이라도 내놓을 것처럼 매번 언니를 칭송하던 그 남제자들 중 누가 그 대전에서 손을 들기라도 했나요? 누가 언니를 대변하고 언니를 위해서 맞서 싸웠나요? 막상 파문이 걸리니까, 수향차 스승님도 돌아섰지."

"수향차 스승님은 장문인을 사랑하서. 장문인을 잃으셔서 그런 거야."

"개소리. 그런 건 다 핑계에 불과해요. 언니가 뭐 장문인을 죽였어요? 아니잖아요. 장문인을 죽인 건 그 이계마법사고, 그 이계마법사를 죽인 사람이 언니지. 그럼 원수를 갚아 준 은인이면 은인이지, 안 그래요?"

"……."

"어차피 이제 파문당했으니까 하는 말인데, 나랑 수향차 스승님이랑 만나면 맨날 무슨 대화 하는 줄 알아요?"

"글쎄. 미인공?"

"그거 한 일 할 하다가, 구 할은 언니 욕해요. 몰랐죠? 언니 앞에서는 무슨 자기가 어머니인 것처럼 굴었지만, 뒤에선 언니를 얼마나 비꼬았는 줄 알아요?"

"……."

"오랫동안 마음속에 꾹꾹 참아 왔지만, 결국 언니를 향한 질투가 폭발한 거예요. 좋은 이유가 생겨서.”

정채린은 한숨을 쉬더니 하늘을 올려다보았다.

“넌?”

“……”

“넌 어떤데?”

소청아는 눈을 질근 감으면서 눈물을 참았다.

“씨발. 알면서 묻기예요?”

“……”

소청아는 획 하고 정채린에게서 고개를 돌렸다. 동그랗게
놀란 두 눈으로 자신을 바라보는 정채린을 보며 소청아가 표
독스럽게 말했다.

“왜요? 나 욕 잘해요. 몰랐죠? 파문당해서 무공도 못 쓰는
데 뭐 어쩌게요?”

“……”

“씨발. 씨발. 씨발.”

“……”

소청아는 고개를 다시 앞으로 획 돌렸다.

정채린은 그런 소청아의 옆모습을 보다가 말했다.

“씨발.”

이번엔 소청아가 두 눈을 크게 뜨더니, 정채린을 돌아봤다.

“어, 언니?”

정채린은 살짝 웃더니 말했다.

"어감이 좋네. 씨발."

"……."

"이래서 욕하는구나. 이제까지 왜 안 했을까?"

고개를 끄덕이며 만족한 표정을 지은 정채린을 보며 소청아는 고개를 작게 흔들었다.

"언니는 진짜 하지 마요. 정말 안 어울려. 운정 도사가 헤어지자고 할걸요?"

"그래? 그렇다면 없는 데서 가끔씩 해야지."

소청아는 기가 찬다는 듯 숨을 내쉬더니 말했다.

"아하, 쓰긴 쓸 거예요?"

"내공이 없는 이젠 운기조식으로 마음을 다스릴 수 없으니, 이렇게라도 해야지."

"……."

"그래도 소 사매는 잘 지내는 것 같아서 다행이야. 녹 사제랑 잘해 봐. 셋 중 그나마 나아."

소청아는 자기도 모르게 상의를 집어 냄새를 맡았다. 그녀는 민망한 표정을 짓더니 갑자기 빽 하고 소리를 질렀다.

"설마, 냄새나요? 그런데 녹 사형인 건 어떻게 알았어요? 설마? 아니죠?"

정채린은 영문을 모르겠다는 듯 소청아를 보다가 곧 상황을 이해하곤 아미를 찌푸렸다. 그녀는 계곡 사이로 모습을 감추고 있는 석양을 흘겨보더니 말했다.

"이제 막 해가 지려는데? 정말이니? 그리고 내가 어떻게 안다니? 무슨 말이야? 내가 녹 사제하고 잠이라도 잤을까 봐? 체취라도 아는 것 같아?"

소청아는 입술을 삐죽이더니 조금 큰소리로 말했다.

"남녀가 운우지락을 나누는 데 시간이 있고 때가 있나요? 서로의 사랑만 확인하면 되지."

"정말 그대로구나. 이번 사건으로 뭐라도 느끼는 게 없어?"

"몰라요. 아니, 솔직히 언니가 몸을 너무 아끼는 거예요. 뭐하러 그래요? 화산에선 아무도 이상하게 생각하지 않는데?"

"너 정도는 화산에서도 다들 이상하게 생각해. 하나도 아니고 셋이잖아?"

"제가 인기가 많은 거죠. 질투하라 해요, 뭐."

"……."

"세속에 나가시면 남자도 좀 즐기시고 하세요. 운정 도사는 너무 고리타분해서 사실 별 재미도 없는……."

정채린은 자리에서 일어났다.

"됐어. 이제 가 볼게."

"……."

"그래도 마지막까지 인사하러 와 주니 고맙다. 넌 내게 있어서 그나마 가장 친우 같은 사람이었어."

"친우면 친우고 친우가 아니면 아니지, 친우 같은 건 또 뭐에요?"

소청아는 그렇게 퉁명스럽게 말하면서도 정채린의 앞에 와서 등을 보였다.

"왜?"

소청아는 고개로 정채린의 복부를 가리키더니 말했다.

"그 몸으로 화산의 산새를 어떻게 헤쳐 가려고요. 파문제자는 화산의 대문에 두는 것이 관습이니까, 그것까진 해 줄게요."

"⋯⋯."

"어서 업혀요. 살면서 진짜 이런 날이 올 줄이야. 대문에 데려다주면 그때부턴 알아서 해요, 알았죠?"

정채린은 소청아의 뒷모습을 지그시 바라보았다.

그리고 곧 그녀의 등 뒤에 업히면서 얼굴에 작은 웃음을 그렸다.

"그 전에, 한 사제에게 가 보고 싶어."

"⋯⋯."

"잠깐이면 돼. 한 사제에게 할 말이 남았어."

소청아는 한숨을 푹 쉬었지만, 뭐라 더 대꾸하지 않고 경공을 펼쳤다.

"Chackyuatduu. Mu ya?"

카이랄은 마치 낯선 것을 보는 것처럼 자신의 양손을 보았다. 손가락을 이리저리 펴 보기도 하고 손목을 돌리기도 하는 등, 마치 손이 없던 사람이 처음 손을 얻게 된 것처럼 행동했다. 다만 차이점이 있다면, 그 눈에 기쁨이 없었다는 것이다.

운정은 제갈극을 돌아봤다. 제갈극은 카이랄의 상태를 확인하며 고개를 저었다.

"내가 모르는 언어이니라."

카이랄의 시선은 양손에서부터 서서히 팔목으로 이어져 팔을 따라 자신의 몸을 향했다. 몸의 곳곳이 부패하여 진물이 흘렀고 심한 곳은 뼈를 드러냈다. 카이랄은 전혀 이해할 수 없는 듯, 황당한 표정을 감추지 못했다.

운정은 카이랄의 앞에 가서 눈높이를 맞췄다. 그리고 그에게 말했다.

"카이랄, 괜찮아?"

카이랄은 운정의 말이 전혀 들리지 않는 듯, 아니, 그의 존재 자체를 느끼지 못하는 듯 자신의 몸만 이리저리 둘러볼 뿐이었다. 운정은 카이랄의 어깨에 손을 얹고는 그를 흔들었다.

"카이랄!"

반쯤 썩어 버린 그의 어깨는 미끈거렸다. 피부가 쉬이 쓸리면서, 진득한 핏물을 토해 냈다. 제갈극은 무표정하게 그 참혹한 광경을 보았다. 운정은 손에 묻은 것에 아랑곳하지 않고 카이랄을 향해 더욱 크게 외칠 뿐이었다.

"카이랄! 내 말이 들려?"

카이랄의 표정이 작은 반응이 왔다. 그는 공허한 눈길을 서서히 들어 운정을 보았다. 오른쪽 눈은 미세하게 떨리고 있었고, 왼쪽 눈은 눈꺼풀끼리 붙어 버려 뜨지도 못했다.

카이랄이 말했다.

"우, 운정?"

"그래, 나야. 알아보겠어?"

카이랄은 눈초리를 모았다. 진득한 피부에 들러붙은 눈썹의 반 이상이 그대로 뽑혔다. 그는 머리가 어지러운 듯 손을 들어 자신의 머리를 쓸었다. 손바닥에 가득한 진액에 수백 가닥의 머리카락이 엉켜들어, 실타래를 연상케 했다.

그가 말했다.

"Erehw ma I?"

쉬운 공용어였기에 운정은 그 말을 알아들을 수 있었다.

"중원이야. 낙양 앞산. 네가 그 버섯 동굴을 만들었잖아."

카이랄은 고개를 반쯤 틀며 운정을 보았다.

제갈극은 그런 그를 흥미롭게 보더니 말했다.

"Uoy togrof ruo egaugnal?"

카이랄은 제갈극에게 고개를 돌리며 말했다.

"I eveileb os. Ohw, Ohw ma I? Karaal. S'taht ym eman thgir?"

운정의 애처로운 눈길을 느낀 제갈극은 조금 고민하더니, 운정에게 말했다.

"운 좋게도 해결책이 있다. 일단은 내 실험실로 데려가는 게 좋겠느니라."

제갈극은 하늘 위로 손짓했고, 그러자 그의 태학이 날개를 내렸다. 운정은 자신의 겉옷으로 카이랄을 덮어 주고 그를 등 뒤에 업었다. 카이랄은 운정을 경계하는 눈빛으로 바라보았지만, 그가 하는 모든 행동에 반발하지 않고 순응했다.

태학을 통해 천마신교 낙양본부 지고전에 도착한 그들은 빠르게 지하실로 내려갔다. 실험실로 내려가는 도중 이런저런 괴기한 것들이 많이 보였지만, 카이랄이 걱정된 운정의 눈엔 크게 들어오지 않았다.

쿠르릉.

마치 사자의 울음소리처럼 열린 철문 소리에, 여요괴가 눈을 떴다. 그녀는 방의 정중앙에 양팔과 다리가 긱긱 따로 구속되어 있었는데, 심한 고초를 당했는지 눈빛이 탁하고 행색이 좋지 못했다.

운정은 제갈극이 가져온 의자에 카이랄을 앉혔다. 카이랄은 운정과 제갈극 그리고 모호까지 이리저리 번갈아 보며 강한 경계심을 드러냈다. 그러다가 문득 여요괴와 시선이 마주치자 그녀를 향해 크게 외쳤다.

"I ma naidraug! Ksa yna pleh!"

마치 영혼이 나간 것 같았던 지금까지와는 상반되는 모습이었다. 제갈극은 모호에게 고갯짓을 했고, 모호는 순식간에 그 여요괴 뒤에 나타나 날카로운 손톱을 그녀의 목에 가져갔다.

여요괴는 고개를 위로 들어 올렸다. 그렇게 하지 않았다가는 목에 구멍이 뚫렸을 것이다. 그녀는 분노를 콧김으로 내쉬었다. 그리고 카이랄을 찬찬히 보며 나지막하게 말했다.

"Dark elf? dna denodnaba eno?"

운정은 속박되어 있는 그녀에게 물었다.

"무슨 일이 일어났는지 아시겠습니까?"

여요괴는 운정을 마주 볼 뿐 아무런 말을 하지 않았다. 제갈극은 여요괴를 흘겨보더니 대신 대답했다.

"대강은. 근데 어쩌다가 네 친우는 토사구팽을 당한 것이냐?"

"토사구팽?"

"딱 보아하니, 써먹을 대로 써먹고 버려진 것 같은데."

"그게, 무슨 뜻입니까?"

제갈극은 머리를 긁적이더니 말했다.

"엘프나 다크 엘프는 마치 개미나 벌과 같으니라. 개개인의 자유가 지극히 제한적이다 못해 사고하는 방식까지도 자기 자신보다 자신의 사회를 우선시한다. 그것은 인간처럼 교육되어서 그런 것이 아니라 아예 뇌가 그렇게 생겨 먹어 본능적으로 하는 것이니라."

"압니다. 그럼 카이랄의 사회가 그를 버렸다는 겁니까?"

"그들은 사회가 없으면 자기 자신의 정체성을 제대로 유지하지 못해. 태어날 때부터 자신의 역할이 정해져서 그렇게 맞춰 삶을 사는데, 갑자기 사회에서 추방되면 어떻게 되겠느냐? 그들이 가지는 대부분의 의지는 소속으로부터 나오는 것이니라. 소속을 잃으면, 영혼을 잃은 것과 진배없지. 실제로도 그렇고. 그는 엘프 사회에서 사형선고를 받은 것이다. 그런데 육신 자체가 썩을 정도라니… 대단히 흥미롭군."

운정은 충격을 받아 카이랄을 보았다. 겨우 형태를 유지하는 듯한 그의 육신. 그것은 그의 정신 상태를 그대로 반영하고 있는 것이다.

운정이 나지막하게 말했다.

"저와 함께 다크 엘프의 사회에 들어갔을 때, 뭔 일이 있었을 겁니다. 어쩐지, 처음 들어갔을 때부터 너무 쉬이 들여보내 준다고 생각했습니다."

"무슨 일이 있었는지 모르느냐?"

"요트스프림… 그곳에 들어간 순간부터 나올 때까지의 기억을 잃었습니다. 아마 마법인 듯한데, 그래서 애초에 들여보내 준 것이 아닌가 합니다. 그런데 이렇게 카이랄까지 추방을 당하다니, 하아……."

운정은 깊은 한숨을 내쉬었다. 그의 눈빛은 죄책감을 물들었고, 곧 눈물이 차올랐다.

그런 그를 내려다보던 제갈극이 말했다.

"아까도 말했다시피 방도가 있느니라. 물론 그게 좋다고는 못하겠지만."

운정은 버뜩 고개를 들고 물었다.

"무슨 방법입니까?"

제갈극은 팔짱을 끼더니, 여요괴를 보았다. 그리고 카이랄을 보았다. 그리고 다시 여요괴를 보고는 다시 카이랄을 보았다.

그리고 운정에게 고개를 돌리더니 갸웃했다.

"너가 내 부탁을 들어주는 대신 너와 그의 요구를 들어준다고 했지만… 이런 상태에선 대화조차 제대로 안 되느니라. 그러니 거래 조건을 바꾸지. 내가 그를 부패로부터 구해 주마. 애초에 내가 그렇게 하지 않으면 내 용무를 볼 수조차 없으니까. 선불은 내 취향이 아니지만 어쩔 수 없지 않겠느냐?"

운정이 대답했다.

"좋습니다. 우선은 그를 살려 주십시오."

제갈극은 양손을 비비며 흥미롭다는 듯 말했다.

"재밌어지는구나. 일이 이렇게 돌아갈 줄이야. 다크 엘프의 변화 과정을 지켜보면 본좌가 필요한 부분은 저절로 알게 될 터이고. 본좌한테 나쁠 건 전혀 없느니라."

"……."

제갈극은 독백 아닌 독백 후 사악한 미소를 입가에 그렸다. 그는 박수를 짝 하고 한 번 치더니 말을 이었다.

"일단은 물어야겠군. 아, 근데 저 피부는 영 아니구나… 운소협. 우선 카이랄을 대리고 저 여요괴 앞까지 데려갈 수 있겠느냐? 거의 피부가 맞닿을 수 있을 만큼 말이야. 그리고, Uoy! Uoy etib mih. T'nod ekam em yas niaga."

여요괴는 얼굴을 찡그렸으나, 이렇다 할 반항을 하지 않았다. 운정은 천천히 카이랄의 몸을 잡고 들어 올렸다. 카이랄은 여전히 운정을 경계했지만, 운정의 손길을 따라서 순한 양처럼 걸음을 옮겼다.

카이랄이 가까이 다가오자, 여요괴는 이를 드러내며 입을 벌렸다. 그러자 그녀의 목에 날카로운 손톱을 들이민 모호가 여요괴의 귓가에 말했다.

"T'nod eb diputs. Uoy t'now tsuj eb daed."

여요괴의 눈빛이 살짝 흔들리더니 곧 그녀는 눈을 감았다.

그리고 그녀는 송곳니를 들어 카이랄의 부패한 목을 물었다.

"지, 지금 뭐 하는 겁니까?"

운정의 놀란 물음에 제갈극이 침착하라는 듯 손짓하며 말했다.

"나와 같은 신체로 만드는 것이니라. 흡혈을 통해서 말이지."

"그, 그게 무슨?"

"썩어 가는 육신을 그나마 가장 잘 보존하는 방법이 바로 저것이니라. 물론 육신은 어찌어찌 되지만 정신은 또 다르게 고쳐야 하느니라."

"……."

"너무 놀라지 말거라. 곧 끝난다."

여요괴는 곧 카이랄의 목에서 흐르는 거무칙칙한 피를 마셨다. 그 맛이 그리 좋지 못한지, 온 얼굴근육을 사용하며 역겨움을 표현했지만 제갈극의 강요와 협박에 못 이겨 카이랄이 가진 모든 피를 마실 수밖에 없었다.

카이랄은 땅에 쓰러졌고, 여요괴는 헛구역질을 하며 원망 어린 시선으로 제갈극을 보았다. 제갈극은 어깨를 한 번 들썩여 주곤, 막 무너져 내린 카이랄에게 달려가는 운정에게 말했다.

"너무 심려하지 말라니까. 호들갑 떨지 마."

운정은 그 이야기를 제대로 들을 수 없었다. 당장 쓰러진 카이랄의 몸은 시체처럼 차가웠고, 맥박도 전혀 느낄 수 없었다. 눈을 감은 그 모습 그대로 땅에 묻어도 상관없을 정도였다.

운정은 가까스로 마음을 진정시킨 뒤에 낮은 음성으로 말했다.

"설명해 주십시오."

"언데드, 그중 뱀파이어(Vampire)이니라. 중원의 강시들 중 생강시와 가장 비슷하지. 해 아래선 활동할 수 없다는 것이 유감이긴 하지만. 아무튼 그의 피를 흡혈한 것은 그 요괴의 몸을 뱀파이어로 바꾸기 위한 것이다."

"그 말은 지금 그를 생강시로 만들겠기 위해서 죽였다는 말입니까!"

운정의 마음속에서부터 일어나는 분노는 그의 목소리를 타고 실험실 전체를 울렸다. 그와 동시에 운정의 양쪽 눈에 연한 보랏빛이 순간 피어올랐다가 사라졌다.

그 순간 제갈극과 모호 그리고 여요괴 모두 영혼까지 흔드는 공포심을 느꼈다.

제갈극은 모호와 여요괴에게 의문의 눈길을 보냈으나, 그 누구도 시원한 답이 없는 듯했다. 그는 마른침을 한 번 삼키더니 찬찬히 설명했다.

"추방당한 엘프들은 그 자체로 이미 죽은 것이니라. 육신도 영혼이 무너져 내린다. 아까 동굴밖에 있었던 그는 살아 있는 것이 아니었느니라. 이미 죽은 것이지, 지금 내가 죽인 것이 아니니라. 직접 대화해 본 네가 더 잘 알지 않느냐?"

"……."

"다시 말하지만, 죽어 가던 것이 아니라 이미 죽은 것이다. 그리고 나는 이미 죽은 그의 육신과 영혼을 붙잡으려고 하는 것이다. 이해되느냐?"

"……."

운정은 아무런 말도 하지 않았다.

마치 본능만 남아 있는 듯했던 카이랄의 행동들.

그리고 그조차도 미약한 촛불처럼 언제고 꺼질지 모르는 것 같았다.

이미 죽은 것이라.

그는 스스로의 죽음을 받아들인 것인가?

그렇다면 생강시로 그를 살리겠다는 건,

그것은 그의 의지에 반하는 것인가?

그가 뭐라고 했지?

운정은 절망 어린 표정으로 카이랄을 내려다보았다.

"번역을 부탁드립니다."

"뭐?"

"카이랄이 마지막에 했던 말이 있습니다. 발음이 어눌하지만, 한번 물어봐 주십시오."

운정은 그렇게 말한 뒤, 카이랄이 마지막으로 그에게 했던 그 말을 기억하며 흉내 냈다.

"누두 요아여 와우 소두 애속구 자깅 알 속구두 얀 누초 소야 우."

제갈극은 고개를 흔들었다.

"발음 때문인지 무슨 말인지 알 수가……."

그때 여요괴가 제갈극의 말을 잘랐다.

"만일 다른 세상이 있다면, 거기서 보자, 그런 뜻이다. 다크 엘프의 언어로군."

운정은 자신만의 생각에 빠져들었고, 제갈극은 여요괴를 의미심장한 눈빛을 보더니 말했다.

"한어를 할 줄 알았느냐?"

여요괴는 한쪽 입꼬리를 올리더니 말했다.

"내게 한어로 말한 적이 없으니, 말할 기회가 없었지."

제갈극은 여요괴의 표정을 흉내 내며 기가 막힌다는 듯 말했다.

"오호, 이거 대단한 물건이군. 내 고문을 그렇게 당하고도, 아직까지 내게 숨기는 게 있었다니 참으로 놀라울 따름이니라. 운 소협, 잠깐 나가 있거라. 이 요괴 년에게 자신의 처지를 다시금 알려 줘야겠느니라."

여요괴의 눈동자에는 순간적으로 두려움이 깃들었지만, 이내 강한 의지가 표출됐다. 그녀는 눈짓으로 카이랄을 가리키며 말했다.

"저자의 영혼을 살리고 싶겠지? 네 공부로는 아직 엘프어로 짜인 리인카네이션 마법을 영창할 수 없어."

"네년에게서 뽑은 지식으로 틈틈이 공부 중이니 걱정하지 말거라."

"네가 천재인 것은 알겠지만 시간을 맞출 순 없을 것이다. 저자는 이미 상당히 부패했다. 저자의 정신은 곧 회생이 불가능해질 것이다. 엘프의 혼은 어머니에게 있지. 혼을 가공하지 않는다면, 뱀파이어가 되었다고 해도 그저 빈껍데기에 불과해. 내가 직접 그 마법을 시전해 주지 않는다면, 그는 결국 썩지 않는 시체밖에 되지 않을 것이다."

"……"

"장담하지. 나는 많이 보았다. 몸과 영혼, 둘 중 하나만 시기를 놓쳐도 끝이야. 리인카네이션 마법이 얼마나 정교한지는 직접 공부해 본 네가 더 잘 알 것이다."

제갈극은 팔짱을 끼더니 말했다.

"물어보나 마나지만, 요구 사항은?"

"네 고통스러운 죽음이지만, 그건 현실적으로 불가능하니 이곳에서 날 풀어 주어라."

"그건 불가능하느니라. 만약 네 기억을 소거할 수 있게 해 준다면 모를까."

"……."

"나는 널 고문하며 많은 지식을 얻었느니라. 하지만 그에 못 지않게 너 또한 천마신교의 정보를 얻었겠지. 지금까지도 한 어를 할 수 있다는 사실을 숨긴 걸 보면, 네가 완전히 굴복했 다는 내 생각이 틀렸다는 것을 알 수 있느니라. 그러니 기억 을 내주지 않는다면, 풀어 주는 것은 불가하다."

여요괴는 카이랄을 보다가 곧 운정과 시선이 마주쳤다. 그 녀는 운정을 보며 물었다.

"그를 소중히 생각하나?"

운정은 상념에서 벗어나 고개를 끄덕이며 대답했다.

"그렇습니다. 그를 살려 주실 수 있으십니까?"

여요괴는 운정처럼 고개를 끄덕이더니 말했다.

"학파에서 매번 하는 일이 그런 것이다. 너는 어떤가? 넌 나 의 생존을 보장할 수 있는가?"

운정은 제갈극을 흘겨보더니 대답했다.

"제갈극의 요구대로 따라 준다면, 제가 책임지고 그것이 끝 까지 완수되도록 하겠습니다."

"그를 강제할 수단은?"

"당신을 풀어 주는 것 그 자체가 태학공자에겐 큰 위협입니다. 아마 위에 숨길 터이니, 그것을 함구해 준다는 조건이면 될 것입니다."

여요괴는 한참 운정을 보았다. 그러곤 곧 제갈극에게 고개를 돌리더니 말했다.

"서약마법으로, 셋이서."

제갈극은 기가 막힌다는 듯 소리 없이 웃었다. 그는 한쪽 의자에 거만하게 앉으며 말했다.

"쿡쿡쿡, 쿡쿡쿡, 오랜만이군. 이렇게 본좌를 재밌게 해 주다니. 잘 들었느니라. 고바넨, 운 소협, 한번 생각해 보거라. 본좌가 이 장단에 맞춰 줄 것이라고 진심으로 생각하느냐?"

운정과 고바넨이라고 불린 여요괴가 그를 바라보자, 제갈극이 웃음을 반쯤 흘리며 말을 이었다.

"자신들의 입장을 상기시켜 줘야겠구나. 고바넨. 본좌가 지금까지 한 고문이 끝이라고 생각하느냐? 그보다 백배 천배 더한 고문도 가능하다. 그저 네 정신이 망가지지 않는 선에서 유지한 것뿐이니라. 그편이 본좌도 좋으니까. 하지만 본좌가 하려고만 한다면 죽여 달라고 빌 정도로 할 수 있느니라."

"……"

"그리고 운 소협, 이 자리에서 본좌가 운 소협을 죽인다 할지라도 누구 하나 슬퍼하거나 복수라도 다짐할 것 같으냐?

응? 본좌의 삶이 네 죽음으로 뭐 얼마나 귀찮아지리라고 생각하느냐? 네겐 아무 세력도 없다. 본좌를 위협할 만한 것이 전혀 없느니라."

"······."

"둘 다 절박함 때문에 상황 판단을 제대로 하지 못하는 것 같아서 말해 두는데, 나는 거기 있는 다크 엘프가 죽는다 하여도 크게 상관없느니라. 다만 연구에 조금 차질이 생길 뿐인 것이지. 그 또한 시간이 지나면 다 해결되는 것이니, 이렇게 내가 조급해할 필요는 없느니라."

"······."

제갈극은 몸을 앞으로 기울이며 양손을 입가에 모았다. 그리고 음침한 목소리로 말을 이었다.

"그러니 이젠 부탁이고 뭐고 없느니라. 운 소협은 내 말에 따르지 않으면 친우를 잃을 것이고, 고바넨 너는 영혼까지 고통스러운 것이 무엇인지 깨닫게 될 것이다. 알겠느냐?"

그의 당당한 선포에 고바넨의 눈빛이 크게 흔들렸다. 운정을 보고 마지막 도박을 건 것인데, 제갈극이 아무렇지도 않게 나오니 이제 남은 건 지옥 같은 고문뿐이기 때문이다.

고바넨은 결국 체념하며 두 눈을 감았다. 그런데 그런 그녀 앞에 운정이 섰다.

그는 가슴을 펴고 당당히 말했다.

"태학공자가 처음 저를 찾아왔을 때, 태학공자는 상당히 긴장해 있었습니다. 기억하십니까? 제가 협박을 하느냐고 물었을 때, 부탁이라고 다급히 정정하던 그 태도를? 그것으로 생각해 볼 때, 당신 또한 저희처럼 굉장히 절박한 상황이라는 것을 알 수 있습니다."

"……"

"당신의 요구 사항은 카이랄과 대화하는 것. 무엇에 대해서 대화해야 하는지는 말하지 않았지만, 그것을 위해서라면 제가 다크 엘프와 내통하고 있다는 것조차도 숨겨 주겠다고 말했습니다. 다시 말하면 천마신교에 위험이 될 수도 있는 것도 숨겨준다는 겁니다. 그 정도로 당신은 카이랄에게 부탁하는 것이 절박한 것입니다. 또한 카이랄이 그 대가로 어떤 요구를 하더라도 다 들어줄 것처럼 말했으니 더 말할 것도 없습니다."

"……"

"그 말을 제게 할 때까지라도 당신은 카이랄이 이런 상태라는 것을 몰랐습니다. 그러다가 카이랄의 상태를 보고, 그를 고쳐 주는 것으로 자신의 요구 사항을 들어달라고 했습니다. 그리고 이제는 마치 본인이 선심을 쓰는 것처럼 말하고 있으니, 저는 사실 잘 이해가 가지 않습니다."

"……"

"어쩌다가 이 고바내 처자를 풀어 줘야 할 정도로 상황이

긴박하게 돌아가니, 갑자기 상황을 반전시키려고 태도를 꾸며 내는 것 같습니다만, 저는 압니다. 당신에게는 카이랄이 살아 나서 그와 대화를 해야 하는 아주 절박한 이유가 있다는 것을 말입니다. 그러니 그런 허세는 통하지 않습니다."

"······."

"역으로 묻겠습니다. 카이랄에게 무엇을 필요로 하시는 겁니까? 어차피 카이랄을 통해서 전 물어볼 것입니다. 그리고 카이랄은 제게 그런 것쯤은 아무렇지도 않게 말할 겁니다. 그러니 지금 그냥 말해 보십시오. 무엇을 부탁해야 하며, 왜 그 것이 그토록 절박한 것입니까?"

운정의 추궁 중 제갈극의 표정은 이미 어느 순간부터 굳어 있었다.

그는 결국 한숨을 푹 쉬더니 말했다.

"쿡쿡쿡, 역시 심검마처럼은 안 되는군. 이게 이론과 현실은 달라서 말이지, 어렵구나."

"······."

그는 다리를 꼬더니 털어놓듯 말했다.

"맞다. 나 또한 절박한 이유가 있느니라."

"그것을 말해 주십시오. 서로 원하는 것을 밝히고, 오해가 없도록 합시다."

제갈극은 볼을 한 번 긁더니 조용히 말을 시작했다.

"기억하느냐? 태극지혈(太極之血)을. 처음 만났을 때, 내가 거기에 마법을 걸었었다. 마킹(Marking). 대상에 표식을 남기는 마법이니라."

운정은 고개를 끄덕였다.

"저와 같이 있었던 백요가 알아봤었습니다."

제갈극은 더 설명했다.

"그것은 위치 추적이나 순간이동같이 공간을 다루는 마법을 시전하기 전 행하는, 일종의 포석이 되는 마법이다. 특별한 보검이기에 혹시 몰라 마법을 걸어 두었던 것이다. 그런데 그 마법을 네 친우인 그 흑요가 건드렸다."

운정은 무당파 사당궁(祠堂宮) 앞에서 임무를 미루면서까지 각종 마법을 태극지혈에 걸었던 카이랄이 기억났다. 그는 첩보 활동을 위해서 그 마법을 걸었다고 했었다.

"분명 그랬습니다."

"나는 멀리서 마킹을 통해 그가 태극지혈에 다른 마법을 거는 것만 느꼈는데, 그 효과가 무엇인지만 간신히 알 수 있었느니라."

운정은 눈을 가늘게 뜨며 물었다.

"그럼 카이랄에게 부탁하고자 하는 것은 태극지혈에 관한 것입니까?"

제갈극은 순순히 인정했다.

"네 친우인 다크 엘프의 도움을 받으면 중원 어디에 있든지 그 위치를 파악할 수 있다."

"그럼 그것이 왜 필요한 것입니까?"

"쥐고 있는 것만으로도 주변의 기운을 절로 흡수하는 태극지혈이라면, 분명 이 뱀파이어 몸에도 양기를 불어넣을 수 있을 것이다. 그것을 한 번만이라도 경험한다면 그에 해당하는 양기의 통로를 짜내는 건 어렵지 않을 것이다."

이 말은 제갈극이 궁극적으로 필요한 것은 바로 양기라는 뜻이다.

운정이 나지막하게 말했다.

"그 생강시와도 같은 몸이 되어 양기가 머무르지 못하는 것이로군요."

제갈극은 손가락을 깨물더니 말했다.

"이 몸은 단순한 생강시가 아니다. 마법에 의해서 극단적으로 만들어진 신체야. 양(陽)을 거부하는 이 신체로는 음양의 조화를 다룰 수 없어 기문둔갑을 펼칠 수 없다. 음양의 개념이 없는 마법은 상관없지만."

"어차피 술법은 신체 내적으로 행하는 것이 아니니 상관없지 않습니까?"

"단순히 시체처럼 양기(陽氣)가 거의 없는 거라면 상관없지. 하지만 이 몸은 그 정도가 아니니라. 양기가 전무하다.

전무(全無). 애초에 존재하는 게 말이 안 돼. 이 몸으론 햇빛 아래조차 거닐 수 없다. 양기 자체를 다루기는커녕 감지조차 할 수 없단 말이다. 이 몸은 양이 전혀 없는, 오로지 음(陰) 그 자체니라. 일말의 양과도 조화를 이루려 하지 않아."

운정은 미간을 좁혔다.

"음은 양 없이, 또는 양은 음 없이 그 의미를 잃어버립니다. 하나가 전무하다는 그 말 자체가 성립이 되지 않습니다."

"그래! 바로 내 말이 그 말이다!"

"……"

"하늘의 가장 높은 곳에 태양이 걸리는 정오가 되면, 하늘에 노출된 모든 기문둔갑과 진법이 파괴되는 것을 알 것이다. 그것은 조금도 음이 틈탈 수 없는, 극양이 찰나의 순간에 이루어져 음의 속성을 띠고 있는 모든 것이 영이 됨으로 모든 방정식이 무의미해지기 때문이다. 그것과 비슷한 것이다."

운정은 기문둔갑에 관한 것은 잘 모르지만, 술법에 관해서는 잘 안다. 그리고 술법에 있어서 음양이 차지하는 크기를 생각할 때, 하나의 기운을 완전히 다룰 수 없게 된다면 어찌 될 지는 누구보다도 잘 알았다.

마치 숫자를 영으로 나누듯, 모든 것이 붕괴한다.

운정이 물었다.

"태극지혈을 찾으면 그것을 고칠 수 있습니까?"

"연구하면 어찌어찌 되겠지. 확실한 건 없다. 그리고 다시 말하지만 이건 기문둔갑의 문제이지 마법의 문제가 아니야. 네 친우가 뱀파이어가 된다 해서 해가 되는 건 아니지. 그러니 내가 거짓을 말한 건 아니니라. 마법에는 큰 영향이 없어."

상황을 모두 이해한 운정은 머릿속이 개운해지는 것 같았다.

그는 정리한 바를 모두에게 말했다.

"나는 친우를 살리고 싶고, 태학공자는 태극지혈을 가져오고 싶고, 그리고 여기 계신 고바내는 자유를 되찾고 싶은 것이로군요. 맞습니까?"

제갈극과 고바녠은 서로를 보더니 곧 고개를 끄덕였다.

고바녠이 태연하게 다시 운정에게 고개를 돌리는데, 오히려 제갈극이 그런 그녀의 모습에서 시선을 돌릴 수 없었다.

제갈극은 지금껏 고바녠을 고문하고 또 고문했다. 그녀는 쉽사리 그녀의 지식을 전달해 주지 않았고, 그때마다 제갈극은 원하는 지식을 얻기 위해서 상상을 초월하는 방법을 동원했다.

사람이라면 완전히 복종하는 노예가 되거나 뼈에 사무치고 혼에 새겨진 원한을 품을 것이다. 하지만 고바녠은 제정신을 유지하면서도 이성적 판단으로 자신의 복수심을 완전히 억제하고 있었다.

제갈극은 지금껏 뭔가 단단히 잘못되었다는 느낌을 지울
수 없었다.

운정은 조금 혼란스러워하는 제갈극에게 향해 본인이 생각
했던 것을 나지막하게 말했다.

"어르신이 고바내 처자를 고문한 이유는 천마신교를 위함
이지요. 개인적인 것이 아니니, 개인적인 감정을 품지 않는 것
입니다. 인간과는 다릅니다."

제갈극은 여전히 의미심장한 눈초리로 고바녠에게 시선을
고정하며 운정에게 말했다.

"엘프도 생명체야. 생존 본능이 없진 않아. 개인적인 감정이
라는 것이 없다는 건 생명체에게 있을 수 없어."

고바녠은 그런 그에게 대답했다.

"나는 그저 당장 이곳에서 탈출하고 싶을 뿐이다, 중원인."

"⋯⋯."

"⋯⋯."

고바녠은 그 둘을 번갈아 보다가 이내 툭하니 말을 이었다.

"서약마법. 그것부터다."

운정이 뭐라 묻기도 전에 제갈극이 말했다.

"자의식에 의해서 하는 약속을 강제하는 마법이다."

"그런 것이 가능합니까? 약속이란 것은 결국 언어로 이뤄지
는 것이고 언어의 의미만큼 상대적인 것이 없습니다."

운정의 말대로 사람은 얼마든지 자기합리화를 통해서 스스로는 약속을 지켰다고 생각할 수 있다. 사람이 스스로를 속이는 것이 가능한 이상, 약속을 강제한다는 것은 완벽할 수가 없다.

제갈극이 더 설명했다.

"마치 중원의 금제 같은 것이다. 차이점은 바로 효과가 나타나지만 그만큼 일시적이지. 작은 행동 하나둘 선에서 가능하다. 우리가 서로 약속하려는 수준 정도 말이다."

"……."

"나는 이 여요괴를 풀어 주고, 이 여요괴는 카이랄을 살려 주고, 넌 카이랄에게 부탁하여 내가 태극지혈을 손에 넣게 해 준다. 간단하지. 언어는 한어로 하자."

그 말을 들은 고바넨은 바닥에 누워 있는 카이랄을 슬쩍 흘겨보더니 말했다.

"부패한 정도를 보면 한나절은 넘은 것 같은데, 엘프가 일족에서 추방된 지 만 하루를 넘기게 되면 끝이다. 서약마법의 언어를 한어로 성하고 스펠(Spell)을 다시 짜디 보면 시간이 너무 지체되어 이자의 정신이 완전히 붕괴되어 기억을 되살릴 수 없게 될 것이다."

제갈극은 그녀의 말을 무시하곤 어디론가로 걸어가, 종이와 강필을 가져와서 갑자기 이런저런 내용들을 적기 시작했다.

몇 번 미간을 모으는 것으로 글을 끝낸 그는 그것을 고바넨에게 보여 주며 말했다.

"다 했다."

고바넨은 그 글을 빠르게 읽어 내리더니 곧 나지막하게 중얼거렸다.

"Elbaveilebnu."

제갈극은 운정에게 말했다.

"이 문서에 피를 묻혀야 한다."

운정은 고개를 끄덕이더니 새끼손가락을 물어 살짝 피를 내고는 그 종이에 피를 묻혔다. 모호는 손톱으로 고바넨의 목에서 살짝 피를 냈고, 제갈극은 종이에 그 피를 묻혔다. 그리고 마지막으로 모호의 손톱에 손가락을 살짝 쓸어 상처를 낸 제갈극이 자신의 피를 묻히는 것으로 준비가 끝났다.

제갈극은 눈을 감더니 한어로 주문을 외우기 시작했다. 그와 동시에 모호가 먼지처럼 그 자리에서 사라졌다. 말은 쉽게 했지만, 한어로 서약마법을 하는 것은 패밀리어를 두고 할 수 있을 만큼 쉬운 일이 아니었기 때문이다.

그가 집중하는 사이, 운정이 고바넨에게 말했다.

"당신이 바로 그쪽 세력이군요. 청룡궁에 의탁하고 있다는……."

고바넨은 제갈극을 몇 차례나 살피다가 곧 차가운 눈빛으로 운정을 내려다보더니 말했다.

"네가 마스터(Master)를 죽인 자로군. 마스터의 저주의 냄새가 나."

"……."

분노가 섞인 딱딱한 어조.

자신을 고문했던 제갈극에게조차 냉정함을 유지했는데, 운정에겐 그럴 생각이 전혀 없어 보였다.

그녀는 말을 이었다.

"그뿐만 아니라 두 하이엘프의 냄새도 뒤섞여서 머리가 아플 지경이야. 말해 봐. 문핑거즈(Moon fingers)의 저주로부터 어떻게 살아남고 있는 거지?"

운정이 말했다.

"모릅니다."

"……."

"무당산의 정기. 어떻게 하신 겁니까? 정말 마법에 소모시켜 버린 겁니까?"

고바녠의 눈빛에 이채가 서렸다. 그녀는 운정을 위아래로 훑어보더니 말했다.

"어디까지 알고 있지?"

"당신들이 마법을 쓰느라 무당산의 정기를 훔쳤다는 걸 압니다. 그리고 그로 인해서 제 사부님이 돌아가셨다는 것도."

"……."

"하지만 나도 당신의 마스터란 자를 죽였으니, 어찌 보면 당신과 제 입장은 같은지도 모르겠습니다. 동의하신다면 복수의 고리는 이 선에서 끝냅시다."

"하, 네 따위가 감히 주인님을 죽일 수 있으리라 생각했나? 네가 죽인 것은 껍질에 불과하다. 주인님은 트랜센던스(Transcendence)를 이룬 자도 상대할 수 없을 만큼 강대해질 터니, 두고 보아라."

운정은 팔짱을 끼더니 주문을 외우는 제갈극을 보며 말했다.

"역시 죽지 않았군요."

"……."

아차 싶은 고바넨에게 운정이 나지막하게 말을 이었다.

"육체가 바뀌면서 이리저리 혼을 옮기는… 악귀나 할 법한 그런 마법을 통해서 살아남아 무슨 일을 이루고자 하는 겁니까?"

"모든 지성체의 목적은 같다. 생존이지. 그것을 위한 힘이고 그것을 위한 능력이다."

"생존이라. 그런 모습으로 말입니까?"

"조롱이라도 할 것이냐? 네 친우도 이제 같은 모습이 될 것인데?"

"……."

고바녠은 눈을 감았다.

"저 괴물의 말이 맞다. 우리 엘프는 일족에게서 추방되면 그것으로 죽은 것이다. 혼도 육신도 더 이상 존재의 의의를 잃어버리고 그대로 썩어 자연으로 돌아간다. 그런 신세에 처한 엘프들은 오로지 우리 네크로멘시 스쿨의 마법을 통해서만이 살아갈 수 있지. 그뿐이다. 네 친우도 우리와 함께하게 될 것이다. 이미 알고 있겠지?"

운정은 북받쳐 오르는 마음을 가까스로 진정시키고 말했다.

"처음 생긴 친우입니다. 그를 살릴 수 있다면, 뭐든 상관없습니다."

"사부를 죽인 우리와 하나가 된다 해도?"

"상관없습니다. 다만 그가 그 삶을 스스로 원하기를 바랄 뿐입니다."

아무런 감정도 섞이지 않은 그 목소리에 고바녠은 할 말을 잃어버렸다.

결국 그녀는 인정하지 않을 수 없었다.

"마스터의 추측이 맞군. 트랜센던스가 괜히 트랜센던스가 아니지. 종족과 적아조차 초월했으니, 초월자야."

운정이 말했다.

"당신들은 왜 청룡궁에 있는 겁니까? 왜 중원의 정기를 뺏으려 하는 겁니까?"

고바녠은 피식 웃더니 말했다.

"내가 그걸 순순히 말해 주리라 생각하고 묻는 것인가?"

"네."

"……."

"지금은 저와 적대하고 있습니다만, 제가 그 목적을 듣고 합당하다 판단되면 적대하지 않을 수 있기 때문입니다. 적 하나를 없앨 수 있는 좋은 기회 아닙니까?"

"그래서 적에게 정보를 흘린다? 궤변이군."

"약속드리겠습니다. 아무에게도 말하지 않겠다고. 그렇다면 최악의 경우는 제가 원래 적인 그대로 있는 것뿐이니 잃을 것이 없을 겁니다."

"진심으로 하는 소리인가?"

"진심입니다."

"……."

"말해 주십시오, 이유를. 왜 무당의 정기를 훔쳤습니까?"

고바녠은 운정의 단호한 어투가 이상하게 싫지 않았다. 그녀는 힘없이 웃더니 결국 나지막하게 물었다.

"그게 왜 훔친 것이지?"

"……."

"말해 봐라, 도사. 자연에 속한 그것이 원래 너희의 것이었
나?"

"……."

"너희가 그것을 그 누구의 허락도 받지 않고 사용한 것처럼
우리도 그것을 그 누구의 허락도 받지 않고 사용한 것이다.
그것을 먼저 차지하고 있었다고 네게 권리가 있다 착각하지
마라. 그랬다면 무당파는 이미 예전에 멸문하여 그 권리를 잃
은 것이니, 그것의 소유를 주장할 수 없다. 너희가 그저 힘의
논리에 의해서 사용해 왔던 것처럼 우리가 그저 힘의 논리에
의해서 그 정기를 쓴 것이다, 도사."

"……."

"다시 생각해 보니, 아까 네 사부의 죽음과 내 주인님의 죽
음을 연관시키는 걸 보면 항상 정당성을 찾아 결정을 내리는
부류인 것 같은데, 트랜센던스가 아직도 그런 것에 얽매여 있
다는 것은 참으로 이상하군. 중원의 트랜센던스라 조금 다른
것인가, 아니면 내가 잘못 이해하고 있는 것인가?"

운정은 단 한 번도 생각해 보지 않은 고바넨의 요점에 대해
서 반박할 거리를 찾기 어려웠다.

애초에 무당산의 정기가 왜 무당의 것인가?

그 근본을 흔드는 지적은 사실 가볍게 무시할 법한 것이다.
문제는 도교의 가르침에 의거하면 자연은 그 누구의 소유도

아니라는 것이다. 즉 운정이 도사이기에 그 논점에서 자유로울 수 없었다.

운정이 대꾸하지 못하고 상념에 빠졌다. 대화가 단절된 뒤, 일각 정도가 더 흘러서야 제갈극이 마법을 끝냈다.

[블러드팩(Bloodpack).]

영혼에 직접 말하는 듯한 그 외침에 운정은 상념에서 벗어났다. 그가 눈을 들어 앞을 보자, 막 푸른 불길에 의해서 수십 갈래로 갈라져 타들어가고 있는 종이가 눈에 보였다. 타오르는 불빛은 주황색과 보라색으로, 중원 어디에서도 찾아볼 수 없는 불의 색이었다.

고바넨이 말했다.

"스태프(Staff)를 돌려줘."

제갈극이 말했다.

"귀찮은 신경전 할 생각 없으니라. 지팡이 없이 하거라."

"만 하루가 지나면 끝이다. 그걸 잊지 마. 내가 스태프 없이 하다가 제시간 안에 끝내지 못하면? 이자는 되살릴 수 없다. 그러면 태극지혈인지 뭔지 하는 것도 얻을 수 없을 것이고."

"그리고 그것을 찾는 동안의 분노는 네가 감당하게 될 것이니라, 고바넨."

순간 두려움이 깃든 고바넨은 용기를 내 운정에게 고개를 돌렸다.

"친우를 살리고 싶지 않나? 스태프가 있다면 반 시진 내로 그를 일으켜 세우는 것과 동시에 모든 기억을 되살려 내겠다."

운정은 제갈극에게 말했다.

"주십시오. 부탁드리겠습니다."

운정의 말에, 제갈극이 탐탁지 않다는 표정을 지었다. 그러나 곧 모호에게 고갯짓을 했고, 어느새 나타난 모호는 한 손에는 지팡이, 그리고 다른 손에는 검붉은 빛깔의 돌멩이 몇 개를 가지고 있었다.

고바넨이 그 지팡이를 받아 들자, 검붉은 빛깔의 돌멩이가 저절로 들려져 지팡이의 끝에 장착되었다. 그녀는 지팡이를 살짝 위로 흔들었는데, 그 지팡이에서 미약한 빛이 조금 뿜어졌을 뿐이다.

그녀가 뭐라 하기 전에 제갈극이 먼저 말했다.

"너를 속박하고 있는 건 마법과 기문둔갑의 융합이니라. 네가 해킹(Hacking)으로 속박마법을 몇 번이고 벗어난 걸 보며, 단순 마법으론 통하지 않는 걸 알곤 특별히 만들었느니라."

"그럼 이것을 풀어 줘."

"기문둔갑을 다룰 수 없는 몸이니라. 말하지 않았느냐?"

"……"

"모호, 다크 엘프를 들고 그녀 앞으로 가져가라. 속박을 풀지 못하니, 우선은 묶인 채로 마법을 실행해 주어야 할 것이다."

고바넨은 말하지 않고 제갈극을 빤히 보았고, 제갈극도 조용히 고바넨을 마주 보았다.

"칫, 알겠다. 함부로 블러드팩을 무시할 수 없을 테니……."

고바넨은 결국 눈을 감고 마법을 영창하기 시작했다.

처음은 마나 스톤에서 연보랏빛이 흘러나왔다. 그리고 그 빛이 천천히 카이랄의 머릿속으로 스며들기 시작했다.

운정이 그 모습을 찬찬히 지켜보는데, 제갈극이 옆에서 말했다.

"저 마법은 영혼을 가공하는 마법이니라. 엘프는 스스로에게 영혼이 없기 때문에, 지식과 기억을 빚어서 영혼 비스무리한 것을 만들지. 그것으로 자의식과 원동력을 얻느니라."

운정은 크게 숨을 마시곤 내뱉었다.

"되살아나게 될 카이랄은 카이랄이 아니라는 겁니까?"

제갈극이 말했다.

"비슷할 것이니라. 하지만 근본적으로 달라지는 것이 있을 거야. 여전히 네 친우로 남을지는 모른다. 나도 이 마법을 직접 보는 건 처음이니까. 도박이지. 하지만……."

"하지만……."

제갈극이 말이 없자, 운정이 그를 보았다. 제갈극의 두 눈은 온통 황홀감에 젖어 있었다.

그가 겨우 말을 꺼냈다.

"대단하구나. 저 스펠 하나하나에 들어 있는 의미를 네가 안다면 그 경이로움을 나와 함께 논할 수 있을 텐데… 영혼을 가공하는 것도 놀랍지만, 그것을 뱀파이어의 신체 내에서 한다는 것이… 과연, 과연. 마법은 과연 놀랍도다."

당장 죽어도 행복하다는 표정이다.

그와 다르게 운정의 표정에서는 걱정이 떠올랐다.

만일 다른 세상이 있다면, 거기서 보자.

그 뜻은 죽음을 받아들였다는 말이다.

다시 자의식을 가지게 된 그가 마법의 힘으로 되살아나게 되면 그에게 무슨 말을 할까?

고맙다고 할까?

아니면.

운정은 피곤함을 느꼈다.

"반 시진은 걸린다고 했으니, 조금 자겠습니다."

"뭐라고? 지금?"

"카이랄이 다시 일어서면 깨워 주십시오."

제갈극의 말이 뭐라 뭐라 귓가에서 들렸지만, 운정은 노곤한 발걸음으로 한쪽 구석으로 가더니, 몸을 말며 누워 버렸다.

제갈극이 고바넨의 눈치를 살피더니 더 크게 말했다.

"서약마법은 절대적이지 않느니라. 네가 말한 것처럼 문자 그대로만 따르면 그만. 머리가 조금만 좋다면 의도적으로 해석의 차이를 만들 수 있느니라. 그러니 마법을 끝났을 때, 네가 깨어 있지 않으면 이 요괴가 다른 마음을 품을 수 있어."

"고바녠 처자는 태학공자를 몹시 두려워하니, 그럴 일은 없을 겁니다. 무슨 짓을 그녀에게 해 왔기에, 뼛속까지 당신을 두려워하는지 모르겠지만."

운정은 몸을 움츠리더니 눈을 감아 버렸다. 제갈극은 뭐라고 더 하고 싶었지만, 곧 말을 관두고 시선을 고바녠 쪽으로 옮겼다. 무엇보다 영혼을 가공하는 그 마법을 영안으로 낱낱이 봐 둘 필요가 있었기 때문이다.

카이랄의 머릿속에서부터 피어오르는 연보랏빛 안개는 그의 이목구비에서 천천히 흘러나와, 고바녠의 지팡이로 다시 흘러갔다. 마나 스톤 그 안까지 흡수되지는 않고, 그 지팡이 끝에 머무르면서 스스로 압축되고 스스로 겉돌기를 반복했다. 마치 서서히 자라나는 작은 태풍과도 같았다.

그렇게 반 시진이 지나자, 연기로만 보이던 것이 거의 액체처럼 진해져 있었다. 고바녠은 고도의 집중 속에서 서서히 깨어났고 그녀가 눈을 뜨자, 지팡이에 머물렀던 연보랏빛 액체가 순식간에 카이랄의 콧속으로 빨려 들어갔다.

"크아아!"

카이랄의 비명 소리가 실험실 전체를 울렸다. 땅에 누워 있던 카이랄의 가슴이 제갈극의 허리까지 튕기듯 올라왔다. 그는 그대로 심장이 뽑혀 나갈 듯 괴성을 질렀다. 그는 팔다리는 연신 떨렸고, 온몸에 핏줄이란 핏줄은 우두둑 튀어나왔다.

그 소리에 잠에서 깬 운정은 최대한 평정심을 유지하면서 고통스러워하는 카이랄을 보았다. 그는 찢어지는 듯한 자신의 마음을 붙잡고 조용히 마법이 끝나기를 기다렸다.

고바넨이 큰 소리로 외쳤다.

[리인카네이션(Reincarnation).]

"하아!"

카이랄은 숨을 후욱 하고 내쉬면서 단숨에 몸을 반 바퀴 돌리더니, 쭈그려 앉은 자세로 운정을 노려보았다. 연보랏빛으로 은은하게 빛나는 그의 두 눈동자는 그 속에 어둠을 품고 있었다.

"날 되살렸군, 운정."

너무나 또박또박한 한어였다.

모두가 시선이 빼앗긴 사이, 제갈극이 모호에게 신호하여 고바넨의 지팡이를 빼앗았다. 얼떨결에 빼앗긴 고바넨은 모호가 그것을 입에 넣어 삼키는 것을 넋 놓고 볼 수밖에 없었다.

운정은 마른침을 삼키고 카이랄에게 물었다.

"카, 카이랄, 괜찮아?"

카이랄은 천천히 몸을 일으켰다. 옷이 모두 찢어져 알몸이
그대로 드러났다. 그의 몸은 썩어가기는커녕 지금 막 탄생한
것처럼 건강했다. 언제라도 전투에 임할 수 있는 강한 탄력을
가지고 있어, 근육이 서로 팽팽하게 얽혀 있었다. 그러나 묘하
게도 칙칙한 피부 빛은 오랫동안 굳은 석상 같았다.

카이랄은 몸을 돌리더니, 속박되어 있는 고바넨과 눈을 마
주치고는 말했다.

"혈족의 추방자로군."

고바넨이 말했다.

"Waz yan yoayuk……."

퍽.

후드득.

순간 완전히 돌아간 고바넨의 입에서 치아 몇 개가 뽑혀 나
갔다. 그 뒤 고바넨의 고개가 푹 하고 아래로 꺼지면서 마치
목에 겨우 매달린 형태가 되었다.

"……."

"……."

카이랄은 그녀의 뺨을 후려친 자신의 왼손 손등을 이리저
리 둘러보았다. 너무나 빠른 속도로 움직인 터라, 손등이 까
져 뼈를 드러내고 있었다. 그는 오른손으로 왼손 손등의 가죽
을 살짝 쓸며 말했다.

"인간이 무슨 기분으로 살아 있는지 알겠다."

"카이랄?"

"이런 느낌이로군, 자유란 건. 평생 동안 머리에 박혀 있던 쇠못이 뽑힌 느낌이야. 해방감… 참으로 나쁘지 않아."

우득. 우드득.

갑자기 고바녠의 뼈에서 듣기 싫은 소리가 연속적으로 울렸다. 그녀의 목이 이리저리 돌아가더니, 곧 부러진 목뼈가 저절로 맞춰졌다.

곧 고바녠이 두 눈을 떴다. 왼쪽 눈의 초점을 잘 맞추지 못하겠는지, 이리저리 흔들거렸다.

그 모습을 본 카이랄이 말했다.

"듣기 싫은 언어를 하지 마라."

고바녠의 왼쪽 입꼬리가 올라가, 빈 송곳니가 들어났다.

"Woh tuoba nommoc? ro hsivle?"

"친우가 있으니, 그를 배려해라."

고바녠은 재밌다는 듯 코웃음 소리를 내더니, 한어로 말했다.

"지금까지의 네 기억을 가공하여 영혼을 만들었다. 그러나 그것은 과거의 기억뿐. 새로운 기억은 어디든 새로이 담겨져야 해. 하지만 네 죽은 몸도, 가공된 영혼도 어느 하나 새로운 기억을 담을 그릇이 못 된다. 그래서 앞으로 네가 쌓을 기억들을 계속해서 영혼에 갱신하려면, 내가 널 살리기 위해서 시전한 리인카네이션 마법을 네 스스로 익혀야 한다."

"……"

"그리고 그 마법을 배우려면 우리 학파에 들어와야 하고."

카이랄은 그녀를 빤히 보다가 말했다.

"거부한다면?"

그녀가 말했다.

"소속감이 아닌 스스로의 자의식을 맛보았으니, 이제는 알 것이다. 자유를 포기할 텐가? 다시 얻은 생명을 잃을 텐가?"

"너희에게 소속되는 것은 자유를 포기하는 것이 아닌가?"

"우리는 스쿨(School)이다. 인간의 나라나 엘프의 일족이 아니야. 종족을 뛰어넘은 학파일 뿐. 그 개념을 모르진 않을 텐데."

"……"

"어차피 네겐 더 이상 돌아갈 곳이 없어."

고바녠의 말을 들은 카이랄은 아무런 말도 할 수 없었다.

엘프인 그가 속할 수 있는 곳은 자신의 일족뿐. 그러나 그곳에서 추방당한 엘프는 어디로 가야 한단 말인가?

늑대는 홀로 떠돌기도 한다. 사자도 홀로 떠돌기도 한다. 하지만 벌은 홀로 떠돌 수 없다. 개미는 홀로 떠돌 수 없다. 생존의 문제가 해결된다 하더라도, 그들이 홀로 떠돌아 무엇을 한단 말인가?

카이랄은 운정에게 고개를 돌렸다.

"운정."

"응."

"이들은 네 사문과 사부의 원수가 아닌가?"

"맞아."

"그런데? 이자에게 부탁하여 날 되살린 것인가? 내가 그들과 한 소속이 될 수도 있는데?"

운정은 다짐했던 바를 말했다.

"이미 지나간 사람들 때문에 내 눈앞의 친우를 잃을 순 없어."

"이해할 수 없군. 복수하고 싶지 않은가?"

운정은 오히려 역으로 물었다.

"복수라는 게 무엇인지, 이제 느껴져?"

카이랄은 크게 숨을 들이마시듯 했다. 그러나 곧 그만두었다. 그것은 이미 죽은 그의 몸에는 더 이상 필요한 행동이 아니다.

그는 말을 하기 위한 최소한의 호흡 뒤, 자신의 속내를 밝혔다.

"그래. 나를 버린 일족에게 복수하고 싶다."

"네가 그렇게 살기를 바란다면 그렇게 해. 그러나 그건 나

역시 마찬가지. 나는 복수하지 않아."

"……"

"혹시 내가 원망스러워? 내가 널 이렇게 만들어서?"

카이랄은 고개를 흔들었다.

"그럴 리가."

"……"

"이젠, 인간이 이해가 간다. 아니, 이해는 이미 했었지. 이제는… 공감이 가."

"어떤데?"

카이랄은 운정을 뚫어지게 쳐다보면서 말했다.

"타인의 감정이 확실히 읽히지 않으니, 표정과 눈빛 그리고 말투로 대강 예상해야 하는군. 인간은 항상 이런 혼란 속에 살았으니, 그리 모순적인 행동을 보일 수밖에 없겠어. 이젠 나 또한 그렇게 되었고."

엘프가 오래 살면 인간 같아진다고 했었나? 그는 오래 살다 못해 죽고 부활했다. 이제는 어쩌면 엘프보다 인간에 더 가까울지도 모른다.

운정은 입술을 달싹거렸다. 그러나 카이랄이 제갈극에게 고개를 돌린 탓에 말하지 못했다.

"태학공자라 했나? 찾는 것이 있었지? 급한 것으로 아는데 맞나?"

그 광경을 지켜보던 제갈극이 되물었다.

"반쯤 죽어 있었던 그때도 모두 기억하는 것이냐?"

카이랄은 그 질문에 대답하지 않고, 빠르게 말을 이었다.

"태극지혈이라고 했었던 것 같은데, 소환하려는 것이."

제갈극은 고개를 끄덕이며 말했다.

"거리가 머니, 아예 순간적으로 두 공간을 이어서 통로를 통해 이곳으로 가져오는 것이 좋을 것이다. 네가 내 마킹을 흐려놓은 탓에 네 도움이 없으면 불가능하다."

"좋다. 스펠을 불러 보아라. 맞춰서 좌표를 알려 주지. 그것이 내 친구가 원하는 것이니."

제갈극은 잠깐 의심의 눈초리로 그를 보다가, 곧 스펠을 하나둘씩 읊기 시작했다. 카이랄은 그 말을 듣고는 이런저런 부분에 값을 알려 주었다.

곧 술식을 모두 완성한 제갈극이 카이랄에게 말했다.

"좋다. 좌표를 찾았으니, 이대로 공간마법을 통해서 가져오면 되겠느니라. 우선 너와 나 사이에 공간을 열고 그것을 통해서 가져오도록 하자. 운 소협. 우리 사이에 공간이 열릴 테니, 그 사이로 태극지혈이 보이면, 손을 뻗어서 그것을 가져오기만 하면 되느니라."

운정은 고개를 끄덕였고, 그들 사이에 섰다. 카이랄은 그의 표정을 보곤 말했다.

"요트스프림 안에서의 기억이 없어졌겠지. 조금 후, 내가 알려 주마. 그들에게 같이 복수하자."

"......."

운정이 대답하기도 전에 카이랄은 눈을 감았다.

제갈극이 양손을 앞으로 뻗고, 카이랄도 마주 서서 양손을 뻗었다. 그리고 제갈극이 이런저런 주문을 외우기 시작하자, 그들의 사이에서 작은 씨앗만 한 바람이 만들어졌다. 그와 동시에 고바넨 뒤에 서 있던 모호는 연기처럼 변해 사라졌다.

쉬이이익!

그리고 그 바람은 곧 서서히 뒤틀리기 시작하더니, 주변의 공기를 뒤트는 것을 넘어서 그 공간 자체를 장악하기 시작했다. 그리고 곧 그 뒤틀린 공간은 어린아이 한 명이 들어갈 만큼 거대한 공간이 되었다.

운정은 그 안에서 태극지혈을 보았다.

하지만 그는 바로 손을 뻗지 않았다.

뭔가 심상치 않은 기운을 느낀 카이랄이 말했다.

"운정, 어서! 오래 끌 수 없다."

카이랄의 말이 끝나기 무섭게 운정이 그 속으로 갑자기 뛰어들었다.

쉬이이익!

갑작스레 큰 질량이 이동하자, 그 한계를 겨우 감당한 공간

마법이 안에서부터 붕괴했고, 곧 순식간에 사라졌다.

쿵!

실험실에서 동시에 넘어져 버린 제갈극과 카이랄은 서로를
향해 입을 살짝 벌릴 수밖에 없었다.

그들 중간에 있어야 할 운정은 이미 사라지고 없었다.

第二十二章

천지중최진귀적동서취시미(天地中最珍貴的東西就是美).

화산의 모든 가르침을 받들고 있는 이 대전제(大前提)는 도교와 불교 사상 사이에서 다소 혼란스러울 수 있는 화산의 제자가 앞으로 걸어야 하는 길을 제시한다.

화산의 제자는 도교와 불교의 가르침을 동일하게 배우고 또 둘의 사상이 섞인 무공을 익히지만, 그보다 더 근본적인 것에는 항상 아름다움을 좇는 마음가짐이 있어야 한다.

그에 따라 자연스럽게, 화산의 제자들은 항상 무엇이 아름다움인가에 대한 고뇌를 하게 마련이다.

단순히 외적미를 넘어서서 내적미, 그리고 그 이면에 있는 것까지도 탐구하며, 그것을 스스로 깨우치기 위해서 노력하고, 또 그 끝에 우화등선이 기다리고 있다 믿는다.

화산의 가르침은 단순히 도교와 불교의 융합으로 보기도 어렵다. 도교도 불교도 아름다움을 사물의 본질이라 생각하지 않기 때문이다. 그보다 더 근본적인 것이 내재되어 있다 믿는다.

하지만 화산파에선 내면에 가득 찬 것은 반드시 겉으로 드러나게 되어 있고, 또 그렇기 때문에 외적인 것과 내적인 것은 항상 함께 간다고 믿는다.

이는 죽음을 바라보는 시각에도 영향을 미쳤다.

화산은 제자들의 장례를 치를 때, 평소 본인이 묻히고 싶어 했던, 본인이 가장 아름답다고 생각한 봉 정상에 돌을 깎아 석관을 만든 뒤 그 안에 안치하고 그의 소유품들을 모두 넣어 봉인한다.

그리고 그 후, 봉의 이름이 무엇이었든, 안치된 사람의 이름을 따서 새로운 이름으로 부르는 것이다.

즉 각자의 미적 기준에 의해서 선택된 봉(峰)은 그들의 이름을 갖게 된다.

우뚝 선 근농봉(勤農峰).

정상은 반경 십 장 정도 되는 비교적 평평한 공간이었는데,

그 중앙에는 두께가 손가락 마디만 한 석판이 바닥에 놓여 있었다.

석판 위로는 근농봉 이름 석 자와 검이 매화를 꿰뚫는 매화검수의 표식이 양각되어 있었다. 그 석판 아래에 무엇이 있을지는 누가 봐도 알 수 있었다.

소만(小滿)의 시기인지라 본격적인 무더위가 시작되진 않았다.

그러나 나무 한 그루 없는 석봉의 꼭대기는 낮에 받은 양기를 그대로 가지고 있었다. 해가 완전히 지고 달빛과 별빛이 쏟아지는 밤 가운데도 은은한 따스함을 잃지 않았다.

바닥에 비스듬히 무릎 꿇고 앉아 있던 정채린은 그 따스함이 좋았다.

그녀는 석판을 바라보며 한근농을 추억하고 있었는데, 시간이 꽤 지나자 작게 중얼거리며 주변을 보았다.

"도대체 언제 오……."

"왔어요."

탁.

가볍게 착지한 소청아는 한 손에 술잔을 그리고 다른 손에 술병을 들고 있었다.

그녀는 눈살을 찌푸리면서 술잔을 든 손으로 눈을 가리곤 동쪽 하늘을 올려다보았다.

근농봉에는 사람의 목소리가 묻힐 정돈 아니지만, 그래도 여인의 머리카락이 쉴 새 없이 휘날릴 정도의 바람이 불고 있었다.

정채린과 소청아 두 여인의 긴 머리카락은 서쪽을 향해서 유영하듯 끊임없이 넘실거렸다.

"바람이 슬슬 차네. 오래 있을 생각이에요?"

"아니, 왜? 곤란하니?"

"언니를 만난 것에서부터 곤란한 건 한참 지났어요. 그게 아니라, 이런 거친 바람에 오래 노출되어 있으면 피부가 상한다구요."

정채린은 한심하다는 듯 그녀를 보더니 곧 고개를 돌려 앞에 있는 석관을 보았다.

"오이를 얇게 잘라서 피부 위에 올려놓아, 일각 정도면 돼."

"예?"

"웬만하면 다른 애들한테는 알려 주지 말고."

소청아는 멍한 표정으로 정채린의 뒤통수를 보다가 곧 경악한 목소리로 말했다.

"그거죠, 그거! 피부 관리 비법! 오이였다니. 아! 내가 그럴 줄 알았어. 아니, 그런 백옥 같은 피부가 관리도 없이 그냥 나올 리가 없잖아! 다들 그냥 타고났다고 그러는데 나는 분명이 뭔가 있어도 있을 거라고 생각했는데 말이지. 아! 오이였다니."

"호들갑 떨지 말고, 이리 와서 술잔이나 내어 주렴."

"오이라니. 말도 안 돼. 나는 무슨 대단한 내공심법이라고 생각했다고요. 근데 그냥 오이예요? 진짜요? 그거였던 거야? 와, 지금까지 어떻게 숨겼어요? 아무도 모르게 혼자만 그렇게 오이로 백옥 같은 피부를 가지니까 좋아요? 그리고 지금까지 마치 선천적인 것처럼 행동했던 거예요? 와, 너무하다 정말."

정채린은 고개를 살짝 뒤로 돌리더니 말했다.

"입 다물고 내 부탁을 들어주면 하나 더 알려 줄게."

"……."

"얼른 오렴."

정채린이 손짓하자, 소청아는 후다닥 그녀 옆으로 달려갔다. 소청아는 공손한 자세로 술잔에 술을 채우고 정채린에게 주면서 말했다.

"어차피 화산에서 파문당했는데, 그냥 싹 다 알려 줘요. 네?"

"봐서."

정채린이 술잔을 잡으려 하자, 소청아가 그것을 싹 뒤로 뺐다.

정채린이 소청아를 노려보자, 소청아가 애처롭게 말했다.

"피이, 마지막에 부단주 보고 싶다고 하도 부탁하셔서 제가 여기까지 데려왔잖아요? 그리고 그뿐이에요? 술 한잔하고 싶

다고 또 내가 술까지 가져왔잖아요? 이렇게까지 했는데, 딸랑
두 개만 알려 준다고요?"

"입 다물면 두 개지. 아니면 오이 하나로 끝이야."

"자, 잠깐. 알았어요. 알았다고요."

소청아는 배시시 웃으며 술잔을 주었고, 정채린은 귀찮다는
듯 술잔을 받으며 고갯짓했다.

"그런데 한 사제는 이런 무명봉(無名峰)을 용케도 찾아냈네.
높고, 양지바르고, 외지에 있지도 않고."

"툭 하면 변 사형하고 화산 여기저기 쑤시고 다니는 게 취
미였다고 하니까, 뭐 잘 알아봤겠죠."

정채린은 미어지는 가슴을 가라앉히려 노력하며 말했다.

"잠깐 부단주랑 이야기 좀 할게."

"자리를 비켜 드릴까요?"

"아니야. 들어도 돼. 그냥 뒤에 있어."

"네. 정 사저."

한동안 언니 언니 하더니 갑자기 또 사저다.

정채린은 고개를 도리도리 흔들더니 곧 석관 앞으로 술잔
을 높이 들었다.

무릎을 꿇고 양손으로 술잔을 잡은 그녀는 천천히 술을 떨
구며 말했다.

"장례식에 참석하지 못해서 미안해. 파문당한 거 보면 알겠

지만, 정신이 영 아니었다. 이 못난 단주를 용서해라."

정채린은 빈 술잔에 다시 술을 따랐고, 또 같은 동작을 반복하며 말을 이었다.

"네가 나를 연모하는 마음은 진작 알고 있었으나 모른 체한 것도 미안하다. 하지만 너도 알겠지? 넌 내 취향이 아니야. 그리고 난 내 취향이 아니면 못 만나는 사람이라, 네가 이해해. 네가 아무리 노력했더라도 내 마음에 아무런 영향도 없었을 거야."

그녀는 한숨을 푹 쉬더니 양손을 내렸다.

"하아, 네가 항상 내게 가져주던 관심은 어느 날부터인가 너무 익숙해졌고, 네가 항상 내게 품어 주던 마음은 어느 날부터인가 너무 부담스러워졌지. 네가 차라리 다른 여제자와 잘되었더라면 하고 바랐었지. 지금까지 나에게 연모의 마음을 품었던 남자들은 차갑고 매몰찬 내 모습에 쉬이 마음을 접게 마련이었지만, 너만큼은 정말 오랫동안 그 마음을 간직했어. 그건 인정해."

정채린은 술잔에 술을 따르며 말했다.

"그리고 난 그것이 힘들었어. 적당히 포기해 주었으면 했어. 나에게 넌 동생이고, 동생 이상의 존재가 될 수 없어. 네가 무엇을 하건, 어떤 사람이 되건, 넌 항상 나에게 동생이었을 거야. 나는 그런 사람이니까. 네가 아무리 나에게 맞추어 변한다고 할지라도 내 마음은 결코 바뀌지 않았을 거야. 그리고 그런 내가 너무 미안해서, 네게 더 매몰차게 하지 못했어."

정채린은 양손으로 술잔을 들더니 다시 술을 석관 위에 뿌리며 말했다.

"잘 가. 배웅은 못 했지만, 날 너무 원망하지 말기를 바라. 이렇게 허무하게 죽어 버릴 거였으면, 손이라도 한번 잡아 줄걸. 다른 건 모르지만, 너라면 그 정도는 해 줄 수 있었는데."

그렇게 말을 맺은 정채린은 시선을 아래로 떨구었다. 그녀는 천천히 술잔에 술을 따르더니 곧 스스로 들이켰다.

"사저! 그런 상처를 입은 몸으로 술이라니요!"

정채린은 뒤에서 들리는 소청아의 잔소리를 듣지 않고 석관을 향해 푸념했다.

"너… 첩자였니? 마교의 첩자야? 청룡궁의 첩자야? 이계의 첩자야? 아니면 내가 널 오해하고 있는 거니. 왜 내게 그런 명령을 내리게 한 거야? 왜 나한테 널 죽이도록 명령하게끔 한 거야? 왜? 무슨 이유지? 왜?"

술병을 빼앗으려고 다가간 소청아는 뻗은 손길을 거둘 수밖에 없었다. 단전이 도려지고 파문을 당해도 기어코 흘리지 않던 그 눈물이, 끊임없이 쏟아지고 있었기 때문이다.

소청아는 삐쭉 튀어나오며 파르르 떨리는 자신의 입술을 왼손의 손가락으로 세게 잡았다. 그리고 자꾸만 올라오는 눈물기에, 양쪽 눈을 감고 오른손의 손가락으로 눈꺼풀을 눌렀다.

그러나 아무리 그런 그녀의 노력에도 불구하고 양눈에서는 눈물이 흘러나왔고, 입에서는 울음소리가 나왔다.

"흑, 흐윽, 흑흑."

소청아는 숨죽이며 울음을 참았다.

정채린은 양손을 들어서 눈가의 눈물을 털어 내고는 그 자리에서 일어났다. 그리고 아예 술병을 석관 위에서 기울였다.

술이 사방으로 비산하며 정채린의 옷을 적셨지만, 그녀는 신경 쓰지 않았다.

"나쁜 자식, 하나도 알려 주지 않은 채 이렇게 죽어 버리면 그만이니? 자기면 속 편하면 다야? 화산이 이제 무너지게 생겼는데, 그것에 일조한 배신자가 되다니. 화산의 역사에 배신자로 이름을 남겨야……."

툭, 투둑.

아직 반쯤 술이 남은 술병이 석관 위로 떨어져 몇 번이 둔탁한 소리를 내었다.

정채린의 미간이 몇 차례 좁아지더니, 고개를 돌리고 소청아에게 물었다. 정채린의 표정은 굳어 있었다.

"한 사제의 무덤. 이거 어떻게 된 거니?"

소청아는 눈물 콧물로 범벅이 된 얼굴을 양손으로 마구 쓸면서 말했다.

"힛꾸, 힛꾸, 왜, 왜요? 갑자기 왜 그런 무서운 얼굴을 하고, 힛꾸, 힛꾸, 그래요?"

정채린은 석관을 다시금 내려다보더니 말했다.

"화산의 배신자잖아. 이런 장례를 치러 주었다고?"

"힛꾸, 네, 네에?"

"한 사제가 화산의 정기를 흡수하는 회오리를 일으켰잖아? 근데 화산의 제자로서 장례를 치렀다고?"

"그, 그야……."

"어떻게 된 거야?"

소청아는 당황했지만, 곧 일이 어떻게 돌아갔는지 기억해 낼 수 있었다. 그녀는 눈물을 모두 훔치고는 말했다.

"자, 장문인께서 그, 그러니까 그 사건의 범인이 한근농이라 확정할 수 없었다고 해서……."

"……."

"그래서 그의 혐의가 밝혀지지 않았다면 단순히 심증으로 그를 배신자로 매도할 수 없다고 했어요."

정채린은 소청아의 두 어깨를 잡고 외쳤다.

"너도 봤잖아. 그 회오리에서 그가 마법을 일으키는 것을!"

"저, 전 그 자리에 없었어요."

"뭐?"

"전 없었다고요, 사저. 저, 전⋯⋯."

"그, 그런⋯⋯."

그렇다.

그때 모든 매화검수들이 모인 것이 아니었다. 단지 그 요상한 회오리를 목격한 대부분의 제자들이 모인 것이다.

만약 회오리를 볼 수 없는 집 안이나 동굴 속에서, 기감이 닫힐 정도로 무언가에 집중하고 있었다면, 단순한 태풍이 몰아치는 것쯤으로 생각했을 수 있다.

소청아의 얼굴에 떠오른 깊은 죄책감을 느낀 정채린은 더 말하지 못했다. 당장 추궁하고 싶은 생각이 굴뚝같았지만, 그것이 더 이상 무슨 의미가 있을 것인가?

정채린이 말이 없자, 소청아는 정채린의 양팔을 밀어내면서 말했다.

"다, 다른 매화검수들도 모르겠다고 했어요. 하, 한 사형이 마법을 일으켰다는 판단은 다, 단주님이 내린 판단이니 정확하지 않다고. 그리고 정확하지 않은 그 판단에 한 사형이⋯ 희, 희생되어서⋯⋯."

"희생되어서? 그래서 내가 파문당하는 걸 다들 지켜보고만 있었니? 오판으로 부단주를 죽였다고?"

"⋯⋯."

소청아는 말하지 않았지만, 그것이 맞는 듯했다.

정채린에겐 재판 도중 그런 이야기가 나왔던 기억이 없다. 즉 재판이 이루어지기 전, 정채린이 없었던 자리에서 나온 말이라는 것이다. 너무나 당연한 것이, 사건의 순서상 한근농의 장례가 치러지기 전에 했을 말이기 때문이다.

정채린의 두 눈이 크게 뜨였다.

"서, 석관을… 석관을 열어 보자."

"네?"

"이 석관을 열어 봐야 해. 그래야 알 수 있어. 과연 이석권 장로님이 무엇을 숨기고자 했는지."

정채린은 그대로 엎드려서 석관의 이음새를 살폈다. 그리고 그것을 손으로 찾아 들려고 했는데, 곧 배에서 느껴지는 찌릿한 고통에 그 자리에 주저앉았다.

"사, 사저! 지금 뭐 하시는 거예요!"

소청아의 외침에 정채린은 그녀를 돌아보며 말했다.

"내 몸으로는 안 돼. 네가 열어 주어야 해."

"사저! 그게 무슨."

"열어 줘. 이 안을 봐야 해. 장로가 숨기려는 것이 바로 이곳에 있어. 단순히 나를 매도하기 위해서 한 사제의 장례를 치러준 것이 아닐 거야."

"사저! 그만해요. 제가 직접 봤어요. 여기에 한 사형의 시체가 안치되었다고요. 장로님께서는… 온몸이 분리된 모든 이의 사지를 하나하나 맞췄다고요. 그 과정을 저희 모두가 다 봤어요."

"청아야."

"……."

"소청아."

"……."

"마지막이야. 내 마지막 부탁이야. 이 관을 열어 줘. 그리고 안을 보게 해 줘. 그것만 해 준다면 나는 더 바라지 않을게."

소청아는 고개를 마구 흔들면서 말했다.

"미쳤군요, 사저. 정말 미쳤어. 아무리 무공을 잃었다고 하지만, 이렇게까지 미치다니. 사저, 제발 정신 차려요."

정채린은 가망이 없다는 것을 느끼곤 다시 몸을 돌렸다. 그리고 석관 위를 덮은 석개(石蓋)를 힘껏 밀었다. 그녀는 상당한 고통을 느꼈지만, 아랑곳하지 않고 힘을 쏟아부었고, 보다 못한 소청아가 와서 그녀의 뒤에 서더니 그녀의 양손을 잡았다.

"그만해요! 사저! 그만!"

소청아는 힘을 주어 정채린의 손을 들어 올렸다. 제지하기 위한 것이었지만, 정채린은 본래 가진 오성으로 그 힘을 이용하여 석개를 옆으로 밀어 버렸다.

쿠쿵.

사람의 손이 들어갈 만한 작은 틈새가 생겼다. 달빛과 별빛이 석관과 석개 사이에 난 그 작은 틈 안으로 들어갔다. 미약한 빛이었으나, 아무것도 없는 석봉의 단조로운 환경 때문인지, 그 안의 내용물이 훤히 보였다.

소청아와 정채린은 말을 하지 못했다.

"……."

"……."

그러다가 곧 서로를 바라보며 똑같이 말했다.

"목인(木人)?"

"목인?"

석관에는 사람의 모습을 딴 나무 인형이 반듯이 누워 있었다.

탁.

순간 뒤에서 들린 소리에 소청아와 정채린은 고개를 돌아보았다.

그곳에는 막 근농봉 위에 도착한 화산파 장로, 이석권이 있었다.

이석권은 경악한 표정을 짓고 있던 두 여인을 보고 말했다.

"혹시나 하여 멀리서 지켜만 보고 있었는데, 설마 석개를 열 줄이야. 이렇게 된 이상, 내가 너희를 막을 수밖에 없구나."

정채린은 이석권을 향해 고함을 치려고 했다. 하지만 그녀의 눈에 이석권의 양손에 든 태극지혈이 들어오자, 먼저 하려던 말을 앞지르고 다른 말이 튀어나왔다.

"태극지혈! 장로께서 그것을 왜 들고 계신 겁니까?"

이석권은 고개를 숙여, 자신의 들고 있는 두 태극지혈을 번갈아 보며 태평하게 말했다.

"아하. 원래 네 숙부가 사용하던 것이지. 이번에 빈 장문인의 방을 정리하는 중에 이것이 나왔다. 설마 안우경 장문인이 그 무당의 도사에게서 이것을 빼앗았는지는 몰랐는데, 그렇게 되었더군."

"그것은 숙부님의 것입니다. 운정 도사께서도 그것을 숙부께 되돌려 드리려고 하신 겁니다."

"아니지. 정확히는 화산에 돌려주기 위해서 온 거야. 막상 안우경 장문인에게 험한 꼴을 당하고 나니 주지 않으려 했지만. 솔직히 안우경 장문인이 청년밖에 되지 않는 그에게 그런 모진 수모를 준 것은 너무했지."

정채린은 속에서 끓어오르는 분노를 목소리에 그대로 담았다.

"오히려 장로님이야말로 그를 매도하려 하셨잖습니까?"

"무슨 말인지 모르겠군. 내가 그를 가장 적극적으로 변호했다. 그건 너도 알지 않느냐?"

"그런 식으로 연기한 것입니다. 실상은 운정 도사께서 빠져들 수밖에 없는 재판의 방법을 제시하여 그를 함정으로 유도하셨습니다. 마침 이계의 인물들이 다른 생각을 품지만 않았다면 운정 도사는 그대로 함정에 빠졌을 것입니다."

이석권은 작은 미소를 지었다.

"파문을 당하니, 그 속에 억울함이 가득할 터. 내 너의 마음을 이해하니 네가 아무리 심한 말을 한다 할지라도 반응하지 않겠다. 그러니 네가 원하는 만큼 원망하거라."

"......"

정채린은 정신이 혼미해질 정도로 화를 느꼈다. 손발이 달달 떨리고 말이 나오지 않는 그 기분은 평생 그녀도 처음 겪어보는 종류의 감정이었다. 너무나 화가 나 더 이상 화로 표현할 수 없는 그런 기분.

그녀가 말을 하지 않자, 이석권이 소청아를 보았다. 소청아는 그와 눈이 마주치자 금세 공손한 자세를 취하면서 고개를 푹 숙였다.

이석권이 부드럽게 말했다.

"매화검수 소청아, 화산이 멸문에 당할 위기에 처한 지금 상황에 파문제자와 노닥거릴 시간이 있었느냐?"

"죄, 죄송합니다."

"좋다. 그간 정이 있어, 파문제자를 도와주는 것 자체는 인간적으로 이해는 간다. 그런 것 정도는 눈을 감아 줄 수 있어.

하지만 저 석관을 연 것. 그것은 도대체 무슨 짓이냐?"

"자, 장문인께 뭐라 드릴 말씀이……."

"어허. 나는 장문인이 아니라 장로니라. 장문인은 공석이다. 말을 바로 하라."

소청아는 앞으로 포권을 취하더니 말했다.

"자, 장로님께 너무나 부끄러운 모습을 보였어요. 제가 사, 사제를 아, 아니, 어, 언니를 제대로 말렸어야 했는데……."

소청아는 우물쭈물했다.

이석권은 인자하기까지 한 목소리로 말했다.

"그래. 다들 그렇지만 너도 정신적으로 힘들었겠지. 이해한다. 여기서부턴 내가 직접 정채린을 데리고 대문에 데려다주마. 저 아이에게 더 이상 휘둘리지 말고, 너는 가서 네 볼일을 보거라."

"……."

"왜 그러느냐?"

소청아는 떨리는 입술을 겨우 들더니 말했다.

"그, 그런데 한 가지 묻고 싶은 것이 있어요."

"어허. 지금 이 상황에 네가 감히 무엇을 물을 수 있……."

놀랍게도 소청아는 이석권의 말을 잘랐다.

"어떻게 지금 이곳에 계신 건가요? 지금까지 저희를 지켜보신 건가요?"

소청아는 억지로 힘을 주어 눈을 바로 뜨고 이석권을 마주 보았다.

그러자 이석권의 인자한 표정이 순간 증발하듯 사라졌다.

그가 딱딱한 목소리로 말했다.

"당연히 대문에 버려져야 할 파문제자가 눈에 안 보인다 하여, 찾아본 게다. 내 예상대로 요유각에 있더군."

"그럼 그때부터 저희를 미행하신 거죠?"

이석권은 깊게 숨을 들이마시고 내쉬었다. 단순한 언짢음의 표현이지만, 태극지혈 두 자루를 들고 서 있는 그 위엄은 마치 위협이라도 하는 것처럼 보였다.

그는 왼손으로 들고 있던 태극지혈을 작게 한 바퀴 돌리며 말했다.

"그 자리에서 널 추궁할 수 있었지만, 네가 파문제자와 가진 정을 생각해서 미행한 것이다. 만약 네가 대문에 정채린을 잘 두고 왔다면, 아무런 문제도 삼지 않았을 것이다. 만약 너희가 죽은 부단주를 기리기만 하고 갔어도 가만히 있었을 것이다. 하지만 이미 장례를 치러 고이 모신 화산 제자의 석관을 여는 미친 짓을 보고도 가만히 있어야 한다는 것이냐?"

"……."

"물론 이것을 문제 삼지 않을 것이니, 걱정하지 마라. 너는 엄연히 정채린을 말리려 했다는 것을 안다. 하지만 네가 이

렇게 나온다면, 또 다른 꿍꿍이가 있다고밖에 생각되지 않는
다."

소청아는 그의 협박에 굴하지 않고 큰 소리로 받아쳤다.

"장로님! 또 다른 꿍꿍이라뇨. 그게 아니잖아요. 그게 아니
라 이 석관 안에 시신이 없고 웬 이상한 목인이 있으니 하는
말이잖아요."

"무슨 목인?"

"이봐요. 여기에 목인이… 어?"

소청아가 고개를 돌려 석관 안을 보자, 그곳에는 부패하고
있는 시신이 있었다. 도저히 눈을 뜨고 봐 줄 수 없는 참혹한
모습. 처음 장로가 한근농의 시체를 짜 맞추어 장례를 치렀던
그 모습이었다.

소청아는 소리를 지르려고 자기도 모르게 숨을 깊게 마셨
는데, 그 순간 그 악취가 코를 강하게 찔렀다. 그녀는 소리도
못 지르고 뒤로 벌렁 넘어지며 눈을 질근 감았다.

"으. 으으. 으윽."

속이 울렁거리며 매스꺼운 기분이 들자, 소청아는 한 손으
로 입을 틀어막았다. 그 광경을 보고 놀란 정채린도 다시 석
관 안을 보았는데, 목인은 온데간데없고, 소청아가 본 것처럼
심히 부패한 시신이 있었다.

"어, 어찌 된 일이……."

정채린이 믿을 수 없다는 듯 중얼거렸다.

이석권은 고개를 흔들더니 말했다.

"소청아, 무슨 말을 하는 것이냐? 목인이라니?"

소청아는 얼른 석관에서 멀어졌다. 그리고 속에서 올라오는 것을 억지로 참으면서 말했다.

"부, 분명히 봐, 봤어요. 으윽. 목인이었는데… 으윽."

"목인이라니 무슨 말이냐?"

"그것이… 으… 냄새."

"그래, 역하디역한 이 냄새가 이리도 진동하는데, 너희들이 무슨 말을 하는지 모르겠구나. 어서 석관을 닫지 못하겠느냐?"

소청아는 고개를 살짝 끄덕이고는 내력을 끌어 올려서 보법을 펼쳤다. 그러곤 정채린이 뭐라 할 새도 없이, 석개를 들어 석관을 막았다.

쿵.

석관이 닫히자, 냄새가 완전히 사라졌다. 소청아는 한숨을 푹 내쉬더니, 곧 자신의 상황을 파악하고는 오체투지하듯 바닥에 엎드렸다.

"자, 장문인. 죄송합니다. 순간 제가 정신이 이상했던 것 같아요. 자, 잘못했습니다."

이석권의 표정은 금세 인자함으로 차오르기 시작했다.

"그래, 자신의 잘못을 깨닫고 뉘우친다면, 화산은 언제고 제자를 다시 받아 주지. 그러나 참회의 시간은 보내야 할 것이다. 처벌은 다른 장로들과 회의를 통해서 통보하겠으니, 우선은 물러가라."

"네, 네."

소청아는 정채린을 슬쩍 보았다. 정채린은 간절한 눈빛으로 그녀를 보았지만, 이내 소청아는 정채린의 시선을 무시하곤 경공을 펼쳐 봉 아래로 내려갔다.

봉 위에는 정채린과 이석권만이 남았다.

"정채린, 네가 이런 해괴한 짓거리를 하는 걸 보니 참으로 내 마음⋯⋯."

"어차피 보는 이도 없는데 관두시지요, 장로님. 난 당신이 청룡궁의 사람인 걸 압니다."

정채린의 표정은 절망으로 가득했지만, 그 두 눈빛만은 타들어가는 분노로 빛나고 있었다.

이석권은 그녀를 빤히 보다가 곧 말했다.

"네가 무슨 말을 하는지 모르겠구나."

"절 직접 처리하시려고 기다리고 계셨군요. 하지만 소 사매 앞에서 귀찮은 일이 벌어져서 그걸 수습하느라 모습을 드러내신 겁니까?"

"⋯⋯."

"이렇게 직접 움직이신 것을 보면, 죄책감을 인해서 생기는 백도무공의 제약을 해결하신 듯합니다. 마법입니까? 마법이겠지요. 마법이 아니라면, 회오리를 일으키실 수도 없었을 것이고, 지금 저 석관 안에 있는 목인 또한 부패한 시체로 둔갑시킬 수도 없었을 겁니다."

"……"

"그 시신들. 온몸의 모든 것이 뒤섞인 그 시신들의 오장육부를 모두 짜 맞추고 장례를 치렀다? 그것이 가능한 일이겠습니까? 마법으로 분해된 수십 구의 인체들입니다. 마법이 아니라면 다시 짜 맞추지 못할 것이라 생각했습니다. 시체를 살피면 뭐라도 이상한 점이 있으리라 생각했는데, 보아하니 단체로 지금과 같은 환각을 일으키신 것이로군요."

"……"

"그래서 백요를 직접 공격하고도 괜찮으셨군요. 그 정도로 살기를 품었다면 마인이 되고도 충분했을 텐데. 매화검을 여전히 허리에 찬 것으로 보아하니, 화산의 것을 완전히 배제한 것이 아닌 듯싶습니다. 화산의 무공과 마법을 융합한 무언가, 맞습니까?"

"……"

"그리고 절 이렇게 축출할 수 있었던 건, 제 숙부께서 더 이상 위협이 되지 않는다는 것을 확인했기 때문 아닙니까? 아니, 그랬기에 애초에 일을 벌인 것이겠지요. 제 숙부께서 살아 계셨다면 절대 이런 일을 시작도 못 했을 겁니다."

이석권은 속을 알 수 없는 눈빛으로 찬찬히 그녀를 보았다.

그러고는 이내 툭하니 말했다.

"네 뚝심만큼은 그 누구도 본받을 만하다, 정채린."

막상 이석권이 인정해 버리자, 정채린은 혼이 빠져나가는 듯한 기분을 느꼈다.

그녀는 쓰러질 듯한 몸을 부여잡고, 힘을 짜내며 말했다.

"죽기 전, 하나만 물어보고 싶습니다."

"무엇이냐?"

"화산의 정기를 빼앗고 화산을 무너뜨릴 생각이십니까? 당신은 청룡궁에 화산을 팔아넘길 생각이셨습니까?"

이석권은 피식 웃더니 말했다.

"그게 문제였을 것이다. 아니더냐?"

"……."

이석권은 밤하늘을 올려다보며, 독백하듯 말했다.

"청룡궁을 섬기는지. 마교를 섬기는지. 아니면 이계를 섬기는지. 우선 어디든 다른 곳을 섬기는 것 같은데, 왜 섬길까? 첩자로 들어왔다고 하기엔 화산에 너무나 오래 있었고, 포섭되었다고 하기엔 화산을 사랑하는 것만은 분명할 텐데, 말이지. 그것이 이해되지 않아 네 추리에 고민이 많았을 게야."

정채린은 마른침을 삼키곤 말했다.

"그렇습니다. 장로님이나 되는 분께서 왜 화산에 이런 해악을 끼치는 것입니까? 왜 화산을 저버리고 청룡궁을 섬기는 것입니까? 화산이 장로님을 배신이라도 했단 말입니까?"

이석권은 고개를 느리게 흔들더니, 말했다.

"설마."

"그러면 무슨 이유에서 그렇습니까?"

"내가 말했다시피 모든 것은 화산을 위함이다."

정채린은 양손의 주먹을 꽉 쥐었다.

그녀가 뭐라고 하기 전에 이석권이 말을 이었다.

"나는 이계의 마법을 통해 내 무학을 완전하게 했다. 그것으로 화산의 무학이 가진 필연적인 제약에서 벗어났어. 그러나 나도 화산의 정기가 없으면 곤란하다. 나는 화산의 무학에 마법을 더하여 이 화산을 더욱 강성하게 만들 것이다."

"그렇다면… 그렇다면 왜 화산의 정기를 없애는 마법을 펼치신 겁니까?"

"그것이 왜 화산의 정기를 없애는 마법이라 생각하느냐?"

"……."

이석권은 태극지혈을 내려다보며 말했다.

"조금만 주면 되는 거였다. 그것이 조건이었지. 그들이 무엇을 하려 했는지 모르겠지만, 무당산의 정기로는 조금 모자랐는지 화산의 정기 일부만 달라고 했다. 그것으로 마법을 더 알려 주겠다고. 한데 이 태극지혈을 마법지팡이로 활용할 수 있을지 누가 알았겠느냐? 마법지팡이가 생긴 이상 그들에게 얽매이지 않고 나만의 마법을 연구할 수 있을 것이다."

"그, 그런……."

이석권이 강렬한 눈빛을 내며 정채린에게 말했다.

"나는 화산을 위대하게 만들 것이다. 이계와의 접촉으로 곧 혼란에 빠질 중원에서 마법을 선점하여 무공과 융합, 이로써 새로운 세대에 대화산파의 이름이 더욱 드높아지게 만들 것이 다. 네 숙부는 너무 소극적이었다. 그들의 기술을 두려워하면 서도 흡수할 생각은 하지 못했지."

"……."

"일여 년 전, 무림맹에서 이계로 처음 백도의 고수들을 파견 했을 때, 나는 새로운 세상을 보았다. 그곳에서 그들의 놀라 운 마법을 몸소 경험했다. 자연을 멋대로 움직이고 죽음이 임 박한 자의 몸을 순식간에 되살리며, 죽은 이와 대화하고, 산 의 정령들과 어둠의 악마들을 부리는… 무공으로는 도저히 따라갈 수 없는 것들을. 하지만 무공이 지닌 장점 또한 분명 했지. 이 둘의 융합으로 미래를 앞서 나가야지만 살아남을 수 있다."

정채린은 고개를 마구 흔들었다.

"심검마선이 숙부님께 해 준 말이 있습니다."

"심검마선?"

"정과 마의 융합으로 마선에 이르렀지만, 그 또한 하나의 길일 뿐 더 발전된 것도 더 퇴보된 것도 아니라고 말입니다. 무엇이 좋은지, 나쁜지, 진보한지, 퇴보한지는 그저 상황에 달려 있는 것이라 했습니다."

이석권은 예상 밖의 말에 고개를 크게 끄덕이며 정채린의 말에 동조했다.

"과연 옳은 말이다. 앞으로 있을 미래에선 화산의 무공은 그 자체만으로 살아남을 수 없다."

그는 끝까지 자신이 한 일이 옳다고 믿는 듯 했다.

정채린은 결국 혐오감을 숨기지 못하고 토해 내듯 말했다.

"그런 자신의 정의를 위해서 수십이 넘어가는 제자들을 죽였단 말입니까!"

찢어지는 듯한 그 소리는 귀신의 곡성과도 같았다. 한결같은 옅은 미소를 얼굴에 품던 이석권의 표정이 차갑게 굳었다.

"그것은 심히 안타까운 일이다. 내 동생도 죽었지. 그것은 내가 바란 일이 아니야."

"……."

"그 마법을 일으킨 이계 놈은 원하는 것을 얻고 사라졌어야 해. 하지만 욕심냈지. 나와 한 약조를 저버리고 더욱 더 강한 힘을 열망했다. 그 덕에 화산은 직접적인 전투를 치러 내야만 했지. 그리고 그 와중에 형제자매들이 그리 죽게 된 것이다."

"……."

"그 참담한 일에 내가 동의한 적은 없다."

"하지만 책임은 있으십니다."

"그래, 안다. 그래서 널 데려가려고 지금까지 기다리고 있었던 것이다."

"데, 데려간다? 저, 절 죽이려고 한 것 아닙니까?"

"왜?"

단순한 말입니다만, 정채린은 마땅한 이유를 생각해 내기 어려웠다. 그녀는 우선적으로 떠오르는 이유를 댔다.

"그야, 제가 장로님을 추궁하고 위협하여 자리가 위태로워졌기 때문에……."

이석권은 피식 웃더니 말을 잘랐다.

"채린아, 네가 한 모든 말과 행동은 단 한 번도 나에게 위협이 된 적이 없다."

"……."

"넌 마치 네 스스로를 궁중정치에서 밀려난 문인쯤으로 생각하는 듯한데, 그것이야말로 교만하기 짝이 없는 생각이다.

넌 태룡향검의 질녀, 그 이상도 이하도 아니야. 태룡향검이 없으니, 귀찮은 것을 치운 것뿐이다."

정채린은 분한 마음에 입술을 파르르 떨었다.

"그, 그럼 절 어디로 데려가신단 말입니까?"

이석권은 말없이 왼손에 쥔 태극지혈을 앞으로 뻗었다. 그리고 살짝 그 끝을 들어 올렸다.

그러자 놀랍게도 정채린의 몸이 공중으로 떠올랐다.

정채린은 자기도 모르게 몸을 허우적거렸는데, 그런 그녀를 보지도 않은 이석권이 말했다.

"가면 알 것이다. 금방 도착하니, 큰 걱정 말고."

이석권은 그 말을 끝으로 경공을 펼쳤다. 그러자, 정채린의 몸이 그가 든 태극지혈의 끝에 고정되어, 그를 따라 부유하기 시작했다.

쇄애액.

쇄액.

거친 바람 소리가 울려 퍼지면서 주변 환경의 모습이 점에서 선으로 변했다. 정채린은 영문을 모른 채 앞에 달려 나가는 이석권을 보았는데, 그의 보법은 화산의 것이 분명했지만, 그보다 적어도 세 배는 더욱 빠른 속도로 앞으로 치고 나가고 있었다.

하지만 그의 빠름은 경공의 수준이나 내력의 양으로부터

오는 것이 아니었다. 만약 그랬다면 정채린은 그가 입신에 올랐다고 생각했을 것이다.

그의 경공은 내공을 잃은 정채린이 보기에도 충분히 그 실력을 가늠할 수 있을 정도의 수준이었다. 단지, 앞에서 다가오는 환경이 그를 마중 나오는 묘한 현상 때문에 그가 빨라 보이는 것이었다.

탁.

이석권은 한 절벽 앞에서 멈췄다. 그와 동시에 그를 따라 부유했던 정채린도 그의 뒤에 섰다.

이석권은 다른 태극지혈을 앞으로 뻗어 옆으로 여는 시늉을 했다. 그러자 절벽의 한쪽이 미닫이문처럼 옆으로 스르륵 열리며 안의 공간을 보여 주었다.

이석권은 말없이 그 안으로 들어갔고, 정채린도 그를 따라 들어가게 되었다.

한 치 앞도 보이지 않는 동굴이 계속 이어졌고, 처음 불빛이 보일 때까지는 대략 일각이나 걸렸다.

습도가 높은 지하 공동.

그곳은 무인 열 명 정도가 무공을 수련해도 괜찮을 만큼의 넓이였다. 다만 동굴 특유의 습함과 악취가 가득하여, 사람이 있기 좋은 장소는 아니었다.

이석권은 태극지혈로 이리저리 흔들었다. 그러자 벽에 붙은 횃불에 저절로 불이 붙으면서 공동 안을 환히 비추었다. 정채린은 눈이 부셔 한동안 앞을 볼 수 없었는데, 곧 빛에 적응하면서 눈앞의 시야가 들어왔다.

정중앙에는 검은빛이 나는 의자가 있었다. 그리고 그 의자에 한 남자가 온몸이 결박된 채로 앉아 있었다. 검은 끈으로 팔부터 다리까지 모두 칭칭 감겨 있던 그는 연보랏빛 눈으로 내며 정채린을 주시했는데, 그 눈동자는 총 두 쌍이었다.

"저, 저자는……."

정채린이 뭐라 외칠 때, 그녀의 몸이 갑자기 공중에서 떨어졌다. 그녀는 그대로 엉덩방아를 찧었고, 그로 인해 도려진 단전에 강한 충격이 전해졌다. 양손으로 배를 부여잡은 그녀는 한동안 아무런 말도 못 하고 숨을 격하게 쉬며 고통을 감내해야 했다.

이석권은 이마의 땀을 훔치면서 내력을 운용했다. 그는 곧 중앙에 결박된 채 앉아 있는 이계인에게 다가가서 입마개를 풀어 주었다.

이계인은 네 개의 눈동자로 이석권을 올려다보며 씹어 내뱉듯 말했다.

"죽지도 않는, 살지도 않는, 그것으로 만든다, 널."

이석권은 전혀 감정이 섞이지 않은 눈빛으로 그를 마주 보며 말했다.

"약조를 어긴 것은 너희들이 먼저다. 날 욕할 자격은 없다."

이계인은 온 힘을 다해 속박을 벗어나려 했다. 그러나 역부족이었는지, 검은 의자만 조금 흔들릴 뿐이었다.

"저 여성. 내가 알려 주었다. 내가 준 정보, 네가 활용했다. 나에게 대가가 있어야 한다."

"그 대가는 편한 죽음이다."

"……"

"네가 죽인 제자가 몇이나 되는 줄 아느냐? 그중에는 내 친동생도 있었다. 죽지도 살지도 못하게 만들고 싶은 것은 나다. 그러나 자비를 베풀어 그냥 죽게 해 주마."

"벌레만도 못한 인간. 입을 찢는다. 혓바닥을 뽑는다. 양쪽 눈알을 양쪽 불알이 대신하게 한다. 네가 알 수 없는 방법을 동원하여 네 생명으… 커억!"

이석권은 무감정한 표정으로 왼손에 든 태극지혈을 앞으로 찔러 이계인의 입을 뚫어 버렸다. 피가 튀어 도복과 얼굴을 적셨지만, 그의 표정에는 조금도 변화가 없었다.

그는 천천히 고개를 돌려 정채린을 보았다. 정채린은 막 고통에서 벗어나 이석권을 마주 보았다.

그녀는 얼굴에 피가 묻은 채 그녀를 지그시 바라보는 이석권의 두 눈에 떠오른 감정을 믿을 수가 없었다.

그것은 한없는 결백함이었다.

"들었느냐? 그가 하는 말을? 번역마법이라 다소 어색하게 들렸겠지만, 그 의미는 다 알아들었을 것이다. 나는 화산의 제자들이 그렇게 된 데에 있어 아무런 잘못이 없다. 다 이 이계 놈이 나와의 약조를 지키지 않았기 때문이다."

"……."

이석권은 입가만 웃으며 다시 말했다.

"네가 보기에도, 나는 잘못이 없다. 그렇지 않느냐? 나는 수많은 제자들을 죽인 이자를 심판할 것이다. 내가 직접 그를 죽임으로 네게 증명할 것이다. 이 모든 것은 결국 화산을 위한 것임을."

"……."

"자, 이제 됐다. 어서. 너도 이쪽으로 오라. 대화산파를 위해선 네가 필요하느니라. 너를 이자와 연결하여 이 몸을 원주인에게 돌려주고 계약을 맺어야겠다."

이석권은 오른손에 쥔 태극지혈을 정채린에게 뻗고는 왼손에 쥔 태극지혈을 한 바퀴 돌렸다. 때문에 이계인의 입에서 핏물이 또다시 폭포수처럼 흘러나왔다.

정채린의 몸이 공중에 들렸다. 그리고 그 몸이 빠른 속도로 이석권에게 날아갔다.

정채린은 뾰족하게 뻗어 있는 태극지혈의 끝을 보았다.

그 끝은 점차 커지고 있었다.

태극지혈은 그 무엇도 베어 버리는 예기 때문에 검집도 없다.

사람의 몸 정도는 물속에 들어가는 것처럼 뚫어 버릴 것이다.

정채린은 조금씩 감겨 오는 두 눈을 부릅떴다.

그리고 자신의 죽음이 다가오는 것을 지켜보았다.

그것은 매화검수로서 마지막 남은 자존심이었다.

그 순간 시간이 정지했다.

'뭐, 뭐지?'

정채린은 전혀 알 수 없었다.

칼끝이 그녀의 미간을 꿰뚫기 그 찰나, 세상이 완전히 멈춰 버린 것이다. 입이 뚫린 채 몸부림치는 이계인도, 이석권의 무섭기 짝이 없는 인자한 미소도 모두 그 자리에 고정되어 버렸다.

이 세상에서 움직일 수 있는 건 오로지 그녀 본인의 의식뿐이었다.

'아, 아니야. 저, 저것은?'

처음에는 손톱만 한 균열이었다.

그리고 그 균열은 마치 빙판이 깨지듯 사방의 공간을 깨뜨렸다. 그리고 그 균열이 점차 커지면서 그 속에서 무언가가 불쑥 튀어나왔다.

백옥의 양손.

정채린은 그 손만 보고도 누구인지 알 수 있었다.

'운정 도사님!'

그녀의 생각이 끝까지 다 이어지기도 전에, 운정 도사가 그 균열을 뚫고 나와 모습을 드러냈다. 그는 손으로 이석권의 오른팔을 쳐서 정채린을 향해 있던 태극지혈을 빼앗아 들었다. 그리고 다른 팔로는 그대로 꼬꾸라지는 정채린의 몸을 받았다.

시간이 다시 움직였다.

"우, 운정 도사!"

꺾여 버린 오른 손목을 부여잡은 이석권은 얼굴을 찡그리며 갑자기 나타난 운정을 돌아보았다.

운정의 왼손에 붙들린 정채린도 복부의 고통을 참아 내며 운정을 올려다보았다. 이계인은 차분한 눈길로 운정을 지켜보았다.

운정은 꼿꼿이 선 자세로 태극지혈을 이석권을 향해 뻗고 있었다. 그리고 한없이 아름다운 미소를 지으며 정채린을 내려다보았다.

"그동안 고초가 많았군요? 얼굴이 반쪽이 됐어요."

정채린은 갑자기 얼굴이 화끈해지는 것을 느꼈다. 그녀는 운정이 강렬한 두 눈빛을 자기도 모르게 회피하며 말했다.

"보, 보지 마세요."

운정은 더욱 깊은 미소를 짓더니, 손을 휘적거렸다. 그러자 그의 손에서 부드러운 바람이 일어나 정채린을 둥실 떠우더니, 방 한쪽에 그녀를 내려다 주었다.

"잠시 기다리고 있어요. 묻고 싶은 것이 많겠지만……."

정채린은 자기도 모르게 고개를 끄덕였다.

마음이 어찌나 편안해지는지, 잠이 쏟아질 정도였다.

운정이 고개를 돌려 이석권을 보자, 이석권은 이계인의 입에 박아 넣었던 태극지혈을 뽑아들고 자세를 잡았다. 때문에 이계인은 뻥 뚫린 입으로 선혈을 또다시 토해 냈다.

이석권은 떨리는 목소리로 운정에게 말했다.

"우, 운정 도사… 마, 마법을? 고, 공간마법을 쓴 것이오?"

운정은 그제야 주변을 바라보더니, 여유로운 목소리로 말했다.

"저도 잘 모르겠습니다. 화산의 정기가 느껴지는 것을 보면 화산인 듯한데, 맞습니까?"

"무모한! 이, 이런 지하에 공간마법을 써서 나타나다니… 좌, 좌표를 어찌 알고? 아니, 그렇다면 공간마법이 아니지. 이런 밀폐된 곳에 이리도 정확히 나타나려면 수십 년은 공부해야 가능하지. 운정 도사는 그저 무당의 현묘한 신법을 쓴 것이로군."

운정은 이석권의 질문에 답하지 않았다. 그의 질문을 정확히 이해하지 못했을뿐더러, 그의 관심을 순식간에 잡아 버린 인물이 눈에 들어왔기 때문이다.

"두 쌍의 연보랏빛 눈동자라면… 욘, 맞습니까?"

태극지혈이 입에서 뿜혀 피를 토하던 이계인, 욘의 두 눈이 크게 뜨였다. 욘은 눈초리를 모아 운정을 보더니, 그를 알아본 듯 크게 소리쳤다.

"크아악. 아악. 커악. 칵."

혀와 입술이 모두 찢어져 제대로 된 말을 할 수 없는 듯했다. 운정은 다시 이석권에게 고개를 돌리곤 말했다.

"상황은 나중에 알아보도록 하겠습니다. 다만 제 연인을 죽이려 한 이유가 무엇입니까? 그것만큼은 우선적으로 알아야겠습니다."

이석권은 운정을 찬찬히 훑어보다가, 곧 자신의 오른 손목을 툭 쳐서 바로 맞췄다.

"선공을 되찾았소? 아니, 원래부터 그런 본모습을 숨긴 건 아니오? 대단하오. 그런 수모를 참아내면서까지 본신내력을 숨기다니… 호승심과 혈기가 왕성한 그 나이에 이리도 마음의 공부를 이룩한 자는 없을 것이오."

선공을 되찾았다?

운정은 그 말을 듣고 자신의 손에 쥔 태극지혈을 물끄러미 내려다보았다. 정향(貞向)으로 쥐고 있던 터라 그 태극지혈을 통해 주변의 양기가 절로 들어오고 있었는데, 좀 더 정확히 말하면 그것은 리기(離氣)였다.

운정의 선공, 그것은 무궁건곤선공(無窮乾坤仙功)이다. 하늘의 건기와 땅의 곤기의 조화로 선기를 이끌어 내는 선공이다. 따라서 태극지혈을 통해서 들어오는 기운은 절대로 무궁건곤선공의 기운이 될 수 없다.

그렇다면 지금 전신을 채우고 있는 선기는 뭐란 말인가?

절대 태극지혈 때문은 아니다.

그것만은 확실했다.

운정은 이석권을 올려다보며 말했다.

"이유는 모르겠습니다. 하지만 지금 저는 전에 잃었던 무당의 선기를 되찾은 것 같습니다."

"잃었던 무당의 선기를 되찾았다? 무슨 조화에서 그렇게 된지는 모르겠지만, 어찌 됐든 지금 운정 도사는 운정 도사가 주장했었던 그 선인의 경지겠군."

그 말을 들은 운정은 다시금 자신의 내면을 채운 건기와 곤기를 보았다.

그것은 무당산의 건기와 곤기보다 더욱 순수한 무언가로, 운정의 마음에 담긴 불순물이 있기에 그나마 완전하지 않아 그의 몸속에 내재되고 있는 것이었다. 만약 조금도 불순물이 없었다면, 순수한 기운인 그것은 사람에 몸에 있을 수 없을 것이다.

운정은 좀 더 내면에 집중하여 자신의 단전을 보았다.

그곳에는 바람과 땅이 태극처럼 섞여 있었다.

이 바람과 땅은 도대체 어디서부터 나왔다는 말인가?

이석권은 아무런 말도 하지 않는 운정을 보다가 다시 말을 이었다.

"설사 운정 도사가 입신에 이른 자라 해도, 나를 이길 순 없을 것이오. 나는 지난 일여 년간 마법을 익히며 화산의 무공에 접목해 왔소. 완전히 새로운 길이오. 이것은 무공이든 마법이든 홀로 이길 수 있는 무학이 아니오."

운정은 다시 천천히 고개를 들어 이석권을 보았다.

"제가 알고 싶은 건 하나입니다. 왜 제 연인을 죽이려 하셨습니까?"

이석권은 태극지혈을 왼손으로 쥐고 오른손으로는 허리에 찬 매화검을 뽑아 들었다. 그리고 그는 왼손으로 쥔 태극지혈을 느리게 한 바퀴 돌리더니 말했다.

"어차피 죽게 될 터. 더 이상은 알 것 없소. 뼈를 깎는 개화련의 시간 동안 완성해 나간 나의 무학을 시험해 볼 좋은 대상이 되어 주시오! 입신의 고수라면, 능히 좋은 상대이지!"

태극지혈에서 빛이 반짝였다. 그리고 그 순간 이석권의 시간이 빨라졌다.

이석권은 빨라진 시간과 함께 즉시 보법을 펼쳤다.

초절정고수의 보법과 가속마법이 합쳐지자, 그는 공간을 찢어 버릴 듯한 움직임을 선보였다.

그로 인해 공기가 움직일 수 있는 한계 속도를 넘어서 버려 주변이 물처럼 무거워졌다. 그러나 그의 몸은 그것조차 뚫어 버렸다.

이석권의 몸은 길게 쭉 이어졌다. 그의 움직임이 너무나도 빨라 마치 엿가락을 늘린 것처럼 보인 것이다. 운정의 옆구리를 향해 매화검을 뻗는 그 순간까지, 그는 마치 공간 위에 펼쳐진 하나의 몸을 가진 듯했다.

깡—!

이석권의 매화검은 운정의 태극지혈에 막혔다. 아니, 이석권의 매화검이 찔러지는 그곳에 운정의 태극지혈이 이미 가로막고 있었다는 표현이 더 옳을 것이다.

절대로 막을 수 없다 확신했던 이석권의 표정이 경악으로 물들기 시작했다.

그때였다.

폭풍과도 같은 바람이 이석권의 전신을 덮친 것은.

쿵—!

이석권의 몸은 그대로 날아가 벽면에 부딪쳤다. 그리고 이어 그 바람 속에서 불길이 타올라 그에게 쏟아졌다.

"크아아악."

용케 두 검을 놓치지 않았지만 전신이 불타오르는 화상을 입었다. 옷은 이곳저곳 재가 되었고, 머리카락은 산발이 되었다.

그는 내부로도 상당한 충격을 받았는지, 입으로 피를 토했다. 땅에 쓰러지고, 다시금 죽은피를 토해 낸 뒤 다시 일어설 때까지, 이석권의 몸은 가속된 채로 움직여 여러 잔상을 뒤로 남겼다.

바람 속에서 불길이라니?

정말 마법인가?

이석권이 믿을 수 없다는 듯 운정을 보자 운정이 말했다.

"속도만 빠른 게 아니라 시간의 흐름 자체가 빨라진 것이니, 충격도 두 배일 겁니다. 마치 양날의 검과 같군요."

이석권의 얼굴에서 서서히 놀람이 가시며 비릿한 미소를 지었다.

"그런 헛소리를 하는 걸 보니, 시간마법을 익히지 않았군. 시간을 모르는 것은 공간을 모르는 것이고, 그러니 운정 도사는 공간마법 또한 모른다는 것. 즉 운정 도사는 마법의 힘을 빌린 것이 아니라 그저 순수한 입신의 무공을 되찾았다는 반증. 불길이야… 그래. 태극지혈에서 얻은 힘일 뿐이지. 그렇지 않소? 그렇다면 마법의 힘 앞에선 속수무책일 것이오!"

시간이 가속된 그의 말은 매우 높은 목소리를 가진 어린아이가 빠르게 말하는 것 같았다. 그는 말을 마치고 금세 자리에서 일어나 자세를 잡았다.

빠른 움직임이었지만, 정채린은 바로 그가 무엇을 할지 알 수 있었다. 너무나 익숙한 것이기 때문이었다.

"오행매화검공(五行梅花劍功)! 이런 지하에서 검강이라니!"

오행매화검공은 모든 초식이 검강을 담은 극상위의 검공이다. 한번 칼질을 할 때마다 검강이 나가는 것은 물론이고, 매 순간 검에 강기를 담아 내는 강기충검을 해내야 하기 때문에, 심후하기 짝이 없는 내력을 필요로 한다.

이석권의 온몸에선 서서히 자색의 기운이 일렁이기 시작했다. 화산의 기본 내공심법인 자하신공이 십성에 다다랐을 때에 일어나는 현상으로, 화산에서 말하는 초절정의 기준 중 하나였다.

하지만 그것을 바라보는 운정의 두 눈빛은 차분하기 이를 데 없었다.

퍼— 엉.

공기를 찢으며 날아든 매화검. 운정은 태극지혈을 들어 방어했다. 그리고 그것을 본 이석권은 속으로 회심의 미소를 지었다. 태극지혈에는 아무런 기운도 없었기 때문이다.

그의 매화검에는 강기충검이 되어 있다. 이는 강기로 둘러싸여 있다는 뜻.

태극지혈이 아무리 신물이라고 해도, 그 안에 아무런 내력을 담지 않고는 절대 막아 낼 수 없다. 매화검은 태극지혈을 두부처럼 자르며 운정의 몸까지도 태워 버릴 것이다.

하지만 안타깝게도 그런 일은 일어나지 않았다.

쉬이이이이익—!

고막을 찢을 듯한 날카로운 소리가 태극지혈과 매화검 사이에서 울려 퍼졌다.

강렬한 강기를 동반한 매화검은 당장에라도 태극지혈을 잘라 버릴 것처럼 매섭게 칼날을 세웠지만, 태극지혈 주변에 휩싸인 바람은 매화검이 태극지혈에 닿는 것을 용납하지 않았다.

공기의 장벽과도 같은 것에 가로막힌 매화검은 아무리 밀어도 그 자리를 고수할 수밖에 없었다.

온 힘을 쏟아붓는 이석권에 반해, 운정의 표정은 태연하기만 했다.

운정이 말했다.

"자색의 기운이 몸에서 흘러나오는 것은 어찌 보면 일종의 낭비입니다. 그것을 완전히 갈무리할 수 있다면 그것이 진정으로 화산의 내공심법을 대성하는 길일 것입니다."

새파랗게 젊은 도사가 내리는 가르침.

그것은 이석권의 가슴 깊은 곳을 건드렸다.

애초에 왜 마법에 손을 대었겠는가?

자하신공의 십일성 그리고 십이성을 평생 이룩하지 못할 거라는 두려움 때문 아닌가?

그렇기에 입신의 고수조차 이길 수 있는 새로운 무학을 연구한 것 아닌가?

이석권의 얼굴은 일그러질 대로 일그러졌다.

그는 왼손에 든 태극지혈을 또다시 한 바퀴 돌리며 말했다.

"그 시건방진 입을 다물게 해 주마!"

그 태극지혈에서 빛이 뿜어져 나오자, 갑작스레 이석권의 힘이 수배로 뛰었다. 그의 매화검은 어떠한 전조도 없이 강력한 힘을 바탕으로 바람의 벽을 뚫어 버렸다.

쿠구궁—!

휘둘러진 그의 매화검에서 강기가 쏟아져 벽면 한 곳에 박혀 들었다. 그 강기로 인해 공동 전체가 흔들리면서 돌멩이와 모래가 천장에서 우수수 떨어졌다.

화르륵!

그게 베어 버린 바람의 벽에서 불길이 솟구쳐 올랐다. 이석권은 재빨리 뒷걸음질 치며 불길에서 벗어났다.

"어, 어디로?"

매화검이 훑고 지나가 불길이 일어난 그 자리. 조각난 태극지혈과 두 동강 난 운정이 있어야 할 그곳에는 아무것도 없었다.

그때, 이석권은 옆에서 들리는 운정의 목소리가 들렸다.

"확실히 마법의 힘은 놀랍습니다. 그 정도의 근력을 아무런 준비 자세도 취하지 않고 끌어올릴 수 있다니. 하지만 힘 하나로 무공을 강력하게 만들 순 없습니다."

이석권은 확 고개를 돌렸다. 자신의 매화검을 따라 시선을 움직였다. 그리고 그 검끝에서 도도한 학처럼 서 있는 운정을 발견했다.

"거, 검끝에?"

"근력을 키우는 그 마법을 행하기 전 말씀을 하신 것이 화근입니다. 정상적인 어조 때문에 시간이 빨라지는 마법이 끊겼다는 것을 미리 알게 되었고, 덕분에 힘의 증폭에 어떠한 전조가 없었음에도 마음의 준비를 할 수 있었습니다. 이로 인해 한 번에 두 가지 마법은 쓰지 못한다는 것을 알게 되었군요. 그리고 제가 검끝에 올라섰음에도 알아차리지 못할 정도로 둔해지셨습니다. 마법이 근력을 도와주었기에 검이 저로 인해 무거워져도 알지 못한 것입니다. 마법의 힘은 놀랍습니다만, 아직 완전히 본인의 것으로 만들지 못했기에 세밀함까진 없는 듯합니다."

"……"

검끝에 서서 가르침을 내리는 모습은 영락없는 도사. 이석권은 주체할 수 없는 분노를 느껴 입가를 파르르 떨었다.

그가 욱하여 몸을 움직이려는 그 순간, 운정은 오른손으로 뻗은 태극지혈을 살짝 흔들었다. 그러자 이석권은 자신의 목에서 화끈거리는 고통을 느낄 수 있었다.

"조금만 움직여도 베겠습니다."

"……"

운정의 오른손으로부터 뻗어 나온 태극지혈은 이석권의 목을 향해 날카로운 그 칼날을 들이밀고 있었다.

운정은 나지막하게 경고했다.

"그대로 태극지혈부터 버리고 그 후 매화검까지 버리세요. 그 뒤에 제 연인을 죽이려 한 이유를 추궁하겠습니다."

이석권의 얼굴은 곧 분노로 가득 차기 시작했다. 그는 자신이 농락당하고 있는 이 현실을 도저히 믿을 수 없었다.

그러나 그 또한 한평생 도사의 길을 걸어온 자. 그는 한 번의 심호흡으로 얼굴을 무표정하게 하더니, 곧 나지막하게 말했다.

"무당의 도사는 살생할 수 없지. 선공을 익힌 너는 더더욱 그렇다. 그러니 내 목을 벨 순 없을 것이다."

이석권은 빠르게 태극지혈을 한 바퀴 돌렸다. 아니, 돌리려

했다. 하지만 어느새 움직인 운정의 태극지혈이 그의 왼손 등에 박혀 들어가며 태극지혈을 놓치게 만들었다.

그때, 이석권은 전신으로 호신강기를 펼쳤다.

호신강기(護身罡氣).

그것은 반탄지기(反彈之氣)를 강기로 한 것으로, 어떤 내공을 익혔든 거의 공통적으로 가지는 방어 수법 중 하나이다. 정확하게는 전신의 모공을 열고 사방팔방으로 기나 강기를 내뿜는 걸 뜻하는데, 이로 인해서 전 방향의 공격에 대해서 방어할 수 있다는 놀라운 이점이 있었다.

하지만 그만큼 내력의 소모가 극심하다. 검 하나로 검강을 내뿜는 것도 어려운데, 그것을 전신으로 한다는 건 그 즉시 탈진하거나 기절하는 것이 당연지사. 즉 최후의 최후의 수법이라고 할 수 있다.

그것을 본 정채린이 큰 소리로 외쳤다.

"아, 안 돼!"

그들이 있는 곳은 지하 공동. 초절정고수의 호신강기는 벽력탄(霹靂彈) 정도의 폭발력을 지닌다. 즉, 그 호신강기는 아예 지하 동굴을 무너뜨리려는 동반 자살의 의도를 품은 것이 확실했다.

이석권의 몸에서 일렁이는 자색의 빛이 사방으로 폭발되기 직전, 운정은 태극지혈을 앞으로 뻗었다.

휘이이익.

날카로운 바람이 태극지혈에서 뿜어지더니 부드럽게 자색의 빛을 감싸기 시작했다. 전 방향으로 뿜어지던 자색의 빛은 그 바람의 인도를 따라 서서히 회전해 하나의 물살을 만들며 지하 공동을 맴돌았다.

운정은 태극지혈을 움직여 입구를 가리켰다. 그러자 공동 안을 돌던 자색 빛덩이가 통로 쪽으로 물처럼 세차게 흐르더니 곧 지하 공동에서 모두 사라졌다.

쿠궁—!

막혀 있던 입구에 도달한 바람은 그 속에 내재된 화염을 일시에 터뜨렸다. 그러자 막혀 있던 입구가 뻥 뚫리면서 자색의 빛무리를 그대로 자연에 돌려보냈다. 그 강렬한 충격이 지하 공동을 흔들었으나 천장에서 모래와 돌이 조금 떨어졌을 뿐, 곧 안정을 되찾았다.

"하악. 하악. 하악."

주저앉은 채로 거칠게 숨을 내쉬던 이석권은 피가 철철 넘치는 왼손으로 땅에 떨어져 있던 태극지혈을 주워 들었다. 운정은 그런 그를 내려다보며 말했다.

"죽음을 각오한 눈빛은 아닌 듯합니다. 이곳이 붕괴되어도 살아날 묘책이 있으셨군요. 그런 걸 보면 역시 장로님은 백도의 무공이 필연적으로 가지는 제약에서 벗어난 듯합니다. 그렇다면 백요를 죽이려 했던 범인도 장로님 아닙니까?"

운정이 정채린을 보자, 정채린이 말했다.

"그는 청룡궁을 섬기는 자예요. 저기 속박되어 있는 자는 화산의 정기를 훔치던 회오리 속에서 나타났어요."

운정은 알았다는 듯 고개를 작게 끄덕이곤 이석권을 보았다. 그는 모든 것을 포기했는지, 아예 주저앉아서 거칠게 숨을 내쉬고 있었다. 그러나 왼손으로 쥐고 있는 태극지혈만큼은 절대 놓지 않았다.

운정은 태극지혈을 앞으로 뻗었다. 그러자 바람이 그 검에서부터 나와 이석권의 손에 들린 태극지혈을 부드럽게 띄웠다.

이석권은 이를 악물고 왼손 아귀에 힘을 주어 버텼다. 핏줄이 튀어나오고 핏물이 다시금 뿜어졌다. 운정은 좀 더 강한 바람을 내보내 그것을 끌어당겼다.

이석권은 점차 멀어지는 태극지혈을 왼손으로 붙잡고 앞으로 질질 끌려 나갔다. 하지만 그조차도 역부족이었는지, 태극지혈은 그의 왼 손아귀에서 벗어나려 했다.

이석권은 다급한 표정으로 자신의 오른손을 보았다. 그곳에는 한평생 함께했던 매화검이 있었다.

그의 얼굴에 단호함이 떠올랐고, 그는 곧 오른손에 쥔 매화검을 과감히 버렸다. 그리고 양손으로 태극지혈을 확 붙잡고는 운정을 향해 뻗었다.

그러곤 그것을 겨우 한 바퀴 돌릴 수 있었다.

지금까지 단 한 번도 평온함을 잃지 않았던 운정의 표정이 놀람으로 가득 찼다. 동시에 태극지혈을 이끌던 바람이 사라지며 불길이 되었다.

이석권은 양손이 타들어 가는 고통을 느꼈지만, 초인적인 정신력으로 끝까지 참아 냈다.

운정이 멍한 눈빛과 떨리는 목소리로 말했다.

"사, 사부님?"

이석권은 양쪽 콧구멍에서 핏물을 쏟아 냈다. 잔뜩 충혈된 두 눈도 뒤로 뒤집혀 당장 넘어갈 듯했다. 그러나 그는 가까스로 정신 줄을 잡고는 절뚝이는 걸음으로 욘에게 다가갔다.

"운정 도사님! 정신 차리세요! 환각이에요!"

정채린의 날카로운 외침이 운정의 귓가를 강타했다. 마지막 힘을 짜낸 이석권의 환각마법은 청각까지 막지 못했기 때문이다.

운정은 그 순간 자신의 상태를 깨닫고 무궁건곤선공을 운용했다. 순수하기 짝이 없는 건기와 곤기가 몸을 한 바퀴 돌며 이상이 생긴 신경들을 감싸 제자리로 돌려놓았다.

운정이 막 환각에서 벗어났을 때 눈에 들어온 것은 욘에게 무언가 속삭이는 이석권이었다. 욘은 운정과 눈이 마주치자

고개를 살짝 끄덕였고, 이석권은 자신이 들고 있던 태극지혈
로 욘의 머리를 위에서 찍어 눌렀다.

"크학!"

관자놀이가 관통당한 욘은 크게 비명을 지르더니 곧 그대
로 절명했다. 이석권은 그 욘의 몸에 기대어 계속해서 숨을
거칠게 쉬었는데, 그 이상 아무것도 할 수 없을 만큼 지쳐 있
는 듯했다.

운정은 방심하지 않으며, 태극지혈을 앞으로 뻗었다.

"지금 왜 그를 죽인 것입니까? 그리고 왜 내 연인을 죽이려
한 것입니까?"

이석권은 운정을 보더니 핏물이 가득한 입으로 피식 웃었
다.

그 순간 이석권의 두 눈동자가 분열하여 두 쌍이 되었고,
색 또한 연보랏빛으로 변했다. 그는 태극지혈을 양손으로 잡
고 하늘 높이 뻗었다. 다 죽어 가던 육신의 움직이라고 하기에
는 너무나 빠른 속도였다.

그는 네 쌍의 연보랏빛 눈으로 운정을 지그시 바라보았다.
그러다 이내 말 한마디를 내뱉었다.

[텔레포트(Teleport).]

어둠이 이석권을 집어삼켰고, 곧 그가 있던 곳은 허공으로
변했다.

운정은 그 사라진 공간을 이해할 수 없다는 듯 바라보았다. 그가 눈초리를 모으는데, 갑자기 땅에서 소리가 들렸다.

툭.

운정이 고개를 내리고 보니 그곳에는 그가 들고 있던 태극지혈이 있었다.

운정은 서서히 시선을 움직여 태극지혈을 놓친 오른손을 보았다. 다섯 손가락은 마치 제각각 독립적인 생명체인 듯 마구잡이로 꿈틀대고 있었다.

운정이 옆으로 휘청이며 쓰러졌다.

정채린은 자리에서 벌떡 일어났다. 하지만 바로 올라오는 복부의 고통에 몸을 움츠릴 수밖에 없었다. 그녀는 배를 한 손으로 부여잡고는 최대한 빠르게 운정에게 달려갔다. 그리고 쓰러진 그의 얼굴을 내려다보았다.

편안한 숨을 쉬고 있는 그는 겉으로는 어떠한 피해도 없는 듯했다. 마구 떨리던 오른손도 안정을 되찾았다. 그는 반쯤 감긴 눈으로 정채린을 올려다보더니 곧 나지막한 목소리로 말했다.

"조, 조금 뒤에… 치, 친우가 오, 올 것이……."

그는 그렇게 말을 남기고 두 눈을 감았다. 정채린은 순간 전신에서 느껴지는 경기에 몸을 파르르 떨었지만, 곧 이성을 되찾고 손가락을 운정의 목에 대었다.

쿵. 쿵. 쿵.

심장은 건강하게 뛰고 있었다.

"하아… 다행이야."

정채린은 온몸의 힘이 쫙 빠지는 것 같았다. 하지만 그녀는 혹시 모를 상처를 보기 위해서 운정의 상의를 벗겼다.

운정의 조각 같은 상체가 만천하에 드러났다.

"……."

과거 소청아는 운정의 훤칠한 얼굴을 보면서도 마음을 접었지만, 그의 몸을 보고는 다시 마음을 잡았었다. 이 순간만큼은 정채린은 그녀의 마음을 이해했다.

숨을 한 번 들이마시고 또 내쉴 때마다 들썩이는 그의 양 가슴. 화산의 험한 산세 속 골짜기처럼 움푹 패어 있는 복근. 오밀조밀하게 모여 있는 옆구리 근육.

모든 것이 정채린의 마음에 참을 수 없는 유혹을 선사했다. 그녀는 자기도 모르게, 양손을 뻗어 운정의 양 가슴에 손을 대 보았다.

"어, 어엇. 어엇."

쿵쿵거리는 심장박동이 느껴질 때마다, 정채린의 어깨도 덩달아 춤을 추었다. 그녀는 손을 떼야 한다는 것을 알면서도 그 박자에서 오는 달콤함을 쉽사리 포기할 수 없었다. 그녀의 얼굴은 홍조로 가득해졌다.

"흐음, 흠."

운정이 작은 신음을 내자, 정채린은 화들짝 놀라며 양손을 떼었다. 그녀는 슬쩍 운정의 얼굴을 올려다보았는데, 운정은 여전히 두 눈을 감고 있었다.

정채린은 자기 머리를 콩 하고 때리며 중얼거렸다.

"정신 차려, 정채린. 몸, 몸 상태를 봐야지."

그녀는 곧 운정의 단전에 손을 대고 그 기운을 느꼈다.

"이, 이건… 양기. 숙부님이 말씀하셨지, 태극지혈은 끊임없이 양기와 음기를 공급한다고. 한 자루만 들고 있었기에 양기만 쌓인 건가?"

뜨겁디뜨거운 양기가 단전을 가득 메우고 있었다. 마치 당장에라도 단전을 뚫고 나올 듯 그 안에서 세차게 맴돌고 있었는데, 그것이 기혈에 상당한 부담을 주는 듯했다.

운정의 모습이 평온해 보일 수 있었던 것은 그 가공할 양기를 감당할 수 있는 튼튼한 선인의 몸을 가졌기 때문일 뿐이었다.

하지만 그렇다고 해서 이대로 양기를 방치할 순 없다. 몸 안에 갇힌 양기가 언제 사납게 돌변할지는 아무도 모르는 일이기 때문이다.

정채린은 중얼거렸다.

"나, 나는 내력을 잃어서 도저히… 아, 아니, 한 가지 방법이

이, 있긴 하지."

내공의 운용 없이 남자에게서 양기를 빼내는 방법은 사실 하나밖에 없다.

정채린은 침을 한 번 삼켰다.

꿀꺽.

"음양합일(陰陽合一)."

정채린은 그 말을 한 것만으로도 숨이 막혀 오는 듯했다. 호흡은 거칠어지고 맥박이 빨라졌다. 안 그래도 새빨개진 얼굴이 더욱 빨개져서, 하나의 열매처럼 보였다.

꿀꺽.

"우, 운정 도사님을 살리기 위해서라면… 그러니까. 배, 배가 아프지만 자, 자궁은 괜찮다고 했었지. 그러면… 아마 괜, 괜찮지 않을까?"

꿀꺽.

"이, 이미 연인이니까. 이 정도는 사실 소청아에 비하면 아무것도 아니지. 게다가 나는 우, 운정 도사님을 살려야 하니……."

꿀꺽.

"…좋아. 정채린. 연모하는 남자를 살리기 위해서라면 그깟 순결이야… 뭐."

정채린은 양손으로 운정 도사의 하의에 가져갔다. 그리고 허리춤을 잡고는 천천히 내리기 시작했다.

아주 천천히.

꿀꺽.

배꼽부터 갈라지듯 이어지는 복근.

꿀꺽.

그 복근을 받쳐 주는 치골.

꿀꺽.

그리고 하의가 내려감에 따라 그 위로 서서히 윤곽을 드러
내는 단단한 기둥.

꿀꺽.

양기가 가득 차 있다 못해 넘치는 것이 아닌가 걱정될 정도
의 크기.

"됐다. 들어가자."

정채린은 말소리가 귀에 들리자, 그것을 이해하기도 전에
본능적으로 반쯤 벗긴 운정의 하의를 위로 올렸다. 그리고 잽
싸게 손을 떼면서 말소리가 들린 쪽을 바라보았다.

그곳에는 공간의 균열 속에서 나타난 한 소년과 검은 피부
의 요괴가 있었다.

第二十三章

운정의 돌발 행동으로 인해 공간의 균열이 사라지자, 제갈극이 주체할 수 없는 화를 내며 욕을 연속적으로 내뱉었다. 카이랄조차 처음 들어 보는 한어가 연속적으로 쏟아지는 가운데, 카이랄이 고바넨에게 물었다.

　"왜지?"

　고바넨은 카이랄이 공용어를 썼다는 사실에 조금 의아해했다.

　친우가 없으니 더 이상 한어를 쓰지 않아도 된다는 것인가?

　고바넨은 공용어로 그에게 대답했다.

"뭐가?"

"적인 나를 왜 살렸지?"

고바넨은 피식 웃었다.

"산 자는 죽은 자의 적이지만, 산 자가 죽어 죽은 자가 되면 당연히 죽은 자의 일원이 되는 것 아니겠나? 그것이 언데드의 속성이지."

"너희가 언데드인가?"

"육신도 영혼도 가공해 만들었지. 이게 진정한 언데드가 아니면 뭐가 언데드란 말이야."

"그도 그렇군."

"확실히 하겠다. 너는 누구에게도 종속되지 않아. 네크로멘시 학파는 너를 살려준 대가를 지불하길 원할 뿐, 널 지배하지 않는다. 우리 모두는 다 너와 같은 신세였으니까. 네가 네 아버지에게 속해 있을 때는 우리들이 존재해선 안 되는 자들로 보였겠지만, 해방된 넌 이제 알겠지. 우리는 마땅히 멸망해야 할 존재가 아니야. 그저 살아남으려 하는 것뿐이지, 카이랄."

카이랄은 눈 하나를 살짝 감았다 떴다.

"이름이… 거슬리지 않는군. 아까도 그랬지만."

"그래. 인간처럼 말이지."

"……"

고바넨이 고갯짓했다.

"저 인간, 말려야 하지 않나?"

제갈극은 그때까지도 몸을 부르르 떨면서 머리를 부여잡고 쌍욕을 하고 있었다. 카이랄은 고개를 흔들며 말했다.

"기분이 풀릴 때까지 두라지. 솔직히 운정이 잘못했다. 갑작스러운 공간이동으로 저자가 받았을 스트레스는 상상을 초월하겠지. 욕이라도 해서 풀어야 해. 그나저나 네 상태를 보고 짐작하건대, 저자는 널 고문한 자 아닌가?"

"맞다."

"근데? 복수하고 싶은 생각은 없는가?"

고바넨은 제갈극을 한참 노려보았다. 그러고는 나지막하게 말했다.

"언젠간 기필코 갚아 줄 것이다. 언데드가 되어 보니 알잖아. 우리들은 분노를 거역할 수 없어. 언데드가 언데드인 이상 절대로 극복할 수 없는 것이지. 하지만 지금은 잠자코 있을 때야. 저자가 손가락을 튕기기만 해도 죽는 신세니까. 내가 분노를 품고 있다는 것조차 숨겨야 할 때지."

카이랄은 그 말이 무슨 말인지 알 것 같았다. 그를 추방했던 요트스프림. 그들을 향한 분노는 카이랄의 마음속에서 영원히 살아 움직일 것 같았기 때문이다.

때마침 욕설을 그만둔 제갈극이 씩씩거리며 카이랄에게 다가왔다.

"다시 열어야 하느니라."

자기 말투까지 그대로 표현할 정도로 유창한 공용어다.

카이랄도 공용어를 썼다.

"공간의 균열 말인가?"

"다시 열어야지 별수 있느냐? 태극지혈이 필요하단 말이다. 왜 그 도사 놈이 갑자기 말도 없이 들어갔는지 모르겠지만 말이야. 태극지혈만 가져오면 되는 것을 왜 그놈은, 糊塗蛋! 屌絲!"

카이랄이 말했다.

"갑작스러운 질량의 이동 때문에 정신적인 부담이 상당했을 텐데? 바로 마법이 가능한가?"

제갈극은 코웃음을 쳤다.

"욕지거리를 내뱉으니 좀 나아져서 괜찮으니라. 어찌 보면 마법의 스트레스라는 건 참 간편해."

그렇다기보단 제갈극의 포커스 회복력이 말도 안 되는 수준인 것이다. 카이랄은 슬쩍 고개를 돌려 고바넨을 보았고, 고바넨은 눈으로 카이랄에게 말했다.

봤지? 괴물인 거.

카이랄은 다시 제갈극에게 말했다.

"그럼 다시금 시작하지."

카이랄이 다시 서서 자세를 잡으려 하자 제갈극이 말했다.

"그냥 공간의 균열을 열어 놓겠느니라."

"뭐?"

"어차피 운정 도사를 데려와야 하느니라. 그러니 균열을 열어놓은 상태로 두는 게 스트레스도, 마나도 더 적게 든다."

"그야 그렇지만 그걸 네가 감당할 것이냐?"

"물론이니라."

제갈극의 당당한 대답을 듣고 카이랄은 황당해졌다. 방금 펼친 기본적인 공간마법은 이동한 질량의 비례하여 마나와 스트레스가 소모된다. 그러나 공간을 찢은 뒤 서로 이어 버리는 식의 공간마법은 오가는 질량은 아무런 관계가 없이, 유지하는 시간에 비례할 뿐이다.

그러나 후자의 마법은 비교할 수 없는 상급의 마법으로 사실 한 명의 마법사가 펼칠 수 있는 수준의 것이 아니다. 그것도 지팡이도 마나 스톤도 없는 자가 말이다.

카이랄이 말했다.

"불가능하다, 그것은."

제갈극이 다시 한번 코웃음을 쳤다.

"마나가 고갈된 너희 세계에서나 그랬느니라. 중원처럼 가득한 곳에선 포커스만 감당하면 그만이니라. 그리고 포커스 따위야 영안에 맡기면 될 뿐이고."

"……."

"잔말 말고 좌표나 도와주거라."

카이랄은 반신반의했지만, 우선 제갈극의 말대로 그가 스펠을 짜는 동안 좌표를 전해 주었다. 제갈극은 태극지혈에 걸린 카이랄의 마법을 통해서 다시금 위치를 파악했다. 그는 눈을 감고 집중에 들어갔다.

카이랄은 숨을 후욱 쉬더니, 머리를 잡고는 말했다.

"좌표를 전해 주는 것만으로도 포커스의 고갈이 심하군. 저자는 네 말대로 괴물이 분명해. 드래곤(Dragon)이라도 되나."

고바녠이 말했다.

"조심해. 언데드의 몸이라 두통이나 어지러움증 같은 증상이 없으니, 자기의 포커스가 얼마나 고갈됐는지 자각하기 어렵다. 완전히 고갈되면 영혼을 가공한 마법이 풀려 버려 모든 의지를 상실할 것이다."

카이랄을 그 말을 들으니 진짜 두통이나 어지러움증이 없다는 걸 깨달았다. 그가 손으로 머리를 잡은 것은 머리가 아팠기 때문이 아니라, 순전히 살아 있었던 시절의 버릇 때문이었다.

그가 말했다.

"기이해. 죽은 몸이란. 고통이 없군."

"어느 선까지는 전투에 유리할지 모르지만, 실력자들을 만나면 오히려 방해야. 자기 상태를 자각하기 어렵거든. 알아 두면 좋다."

카이랄은 고바넨을 올려다보며 말했다.

"나에게 굉장히 호의적이군."

"너는 매우 우수하다. 널 언데드로 만든 내가 확실히 알지. 그래서 호의를 얻으려고 한다."

카이랄은 마법에 집중하고 있는 제갈극을 보며 말했다.

"저자에게 복수하기 위해서? 아군을 만들어 두려는 건가?"

고바넨은 무감각한 표정으로 말했다.

"지금부터 내가 존재하는 이유는 저자를 죽이기 위해서야."

카이랄이 물었다.

"고통을 느끼지 못한다며?"

고바넨은 눈을 딱 감으며 말했다.

"저자는 죽은 몸에도 고통을 되살리는 능력이 있다."

카이랄은 재밌다는 듯 되물었다.

"그런 마법이 있었나? 누가 무슨 목적으로 연구하여 창시했는지 상당히 흥미롭군."

"마법이 아니다. 그저 기다란 막대기 같은 걸 몇 가닥을 몸에 박아 넣더니 고통이 되살아났다. 오랜 시간 동안 잊고 지냈던 것이라 면역이 없어서 그런지 쉽사리 무너지고 말았지."

얼핏 들으면 아무런 감정이 섞이지 않은 말투였지만, 카이랄은 그 속에서 한 가지 감정을 읽을 수 있었다.

"그가 두려운가?"

"……."

"복수는 해야겠고. 무섭기는 하고. 골치 아프겠군."

고바넨은 말을 돌렸다.

"너는 어떤가?"

"뭐가?"

"추방된 엘프가 우리 학파의 마법으로 인해 언데드가 되면 가장 먼저 갖는 감정이 바로 자신을 버린 일족을 향한 분노지. 그러한 강렬한 목적이 없으면 애초에 영혼을 가공할 수도 없어."

카이랄은 그 말을 듣고 날카롭게 물었다.

"그러면 내가 내 일족을 향해 가지고 있는 이 분노는, 네가 나의 영혼을 가공하다 만들어진 부산물에 불과한가?"

"그렇다고도 아니라고도 할 수 있지. 원한다면 분노의 이유를 바꿔 줄까? 귀찮지만 가능은 해."

카이랄은 고바넨을 뚫어지게 보다가 이내 나지막하게 말했다.

"이해하지 못하겠군. 리인카네이션 마법의 영창어라도 알려 줘."

"당장은 안 돼. 학파의 마법은 학파에 가입해야지만 알려 줄 수 있는 거야."

"그럼 원리만 간단이라도 알려 줘. 나는 지금 현재의 나를 이해하고 싶다."

"……."

"저자를 죽이고 싶다고 했지? 당장에라도 도와주마. 나는 저자가 죽어도 상관없다. 어찌 보면 지금이 기회야. 패밀리어 도 없다."

고바넨은 고개를 저었다.

"그가 그리 호락호락할 것이라 생각하지 않는다. 너는 모르 겠지, 나에게 그가 행한 고문의 반은 희망이었다."

"희망?"

"언제나 이 절망적인 곳에서 탈출할 수 있을 것 같은 희망 을 심어 주고 그것을 빼앗아 가는 거야. 실제로 속박마법을 해킹하여 여러 번 풀어냈지만, 결국 다시 그에게 잡혀 이곳으 로 돌아왔다. 지금 와서 생각해 보면 내 해킹을 좀 더 유심히 보려고 일부러 그런 것이 아닌가 해."

"……."

"그중에는 지금보다도 훨씬 그를 죽이기 쉬웠던 적도 많 아. 하지만 결국 나는 실패해 갇히는 신세가 되었지. 그런 것 이다."

허무함이 가득한 고바넨의 두 눈빛을 본 카이랄은 나지막하게 물었다.

"이번에도?"

"모르지."

"정말이지, 그야말로 고문이군."

고바넨은 힘없이 웃으며 말했다.

"다행인 것은 내가 언데드라는 것이다. 그를 향한 분노가 꺾일 리 없다는 것. 아무리 농락당하고 고문당해도, 그것만큼은 영원히 내 속에 살아 숨 쉴 것이라는 것이다."

"……."

"여기서는 무슨 행동을 하든 의미가 없다. 우선 내가 탈출하여 마스터 욘을 뵈어야지만 수가 생길 것이야."

"욘… 욘이라."

"우리 네크로멘시 학파의 마스터(Master)다. 역대 최악의 엘프라 하면 알겠는가?"

"……."

역대 최악의 엘프.

그의 아래로 들어가게 되다니.

카이랄이 아무런 말을 하지 않자 고바넨은 말을 이었다.

"날 도와주고 싶거든 네가 뽑은 내 치아나 주워 줘. 다시 자라지 않으니, 평생 그것 없이 살고 싶진 않다. 치아를 다시 생성하는 마법이 존재할지 모르지만, 있어도 그걸 언데드의 몸에 적용하는 스펠을 다시 짜고 또 그것을 실험체에 수십 번 적용하여 연구 끝에 내 몸에 행하는 것보다는 그냥 네가 치아를 주워 주는 게 좋지 않겠나?"

카이랄은 고개를 끄덕인 뒤, 땅에 널브러져 있던 고바넨의 치아 몇 개를 주웠다. 그녀는 입을 벌렸고, 카이랄은 빠진 치아를 하나하나 맞춰 끼워 넣으면서 말했다.

"내 일족의 언어를 듣는 순간 나도 모르게 손이 튀어 나갔다."

치아를 모두 넣자, 고바넨은 몇 번 입을 세게 닫으며 고정하더니, 곧 피 묻은 입술을 열어 말했다.

"안다, 그 기분. 오히려 그걸 확인하고자 일부러 네 언어를 쓴 거야. 마법이 잘 성공했다는 증거이니까."

"……"

"나 또한 그랬지. 시간이 지남에 따라, 그리고 네 영혼을 가공하고 기억을 갱신하는 그 마법을 익힘에 따라, 분노에 마냥 휘둘리진 않을 거야. 물론 궁극적으로는 분노 자체에 거역할 수 없겠지만."

카이랄은 중얼거렸다.

"자유라더니, 꼭 자유로운 것만은 아니군."

"자유라는 말이 그런 것이지."

그 말을 끝으로 카이랄은 상념에 빠졌고, 고바넨도 더 말하지 않았다.

제갈극은 그렇게 이십 분을 조금 넘는 시간 만에 공간마법을 완성했다.

[텔레포탈(Teleportal).]

제갈극의 말이 떨어지자, 그와 카이랄 사이에 성인 남성이 들어갈 만한 크기의 공간의 균열이 생겼다. 카이랄은 이 엄청난 마법을 몇십 분 만에 해 버린 제갈극을 보며 왜 고바넨이 잠자코 있는지 알 것 같았다.

제갈극은 태연하게 그 균열 속으로 들어갔고, 카이랄도 그 뒤를 따라갔다.

균열 저편엔 운정과 한 여인이 있었다. 운정은 바닥에 고이 누운 채로 있었고, 여인은 시뻘게진 얼굴로 당황해하며 몸 둘 바를 모르고 있었다.

제갈극이 사방을 둘러보다가 곧 눈초리를 좁혀 운정을 보며 말했다.

"當我看到周圍的氣時, 我感受到華山道士的氣, 但洞穴? 啧啧啧."

*   *   *

"주변의 기운을 느껴 보면 화산의 도사들의 기운이 느껴지는데, 이런 동굴이라니? 쯧쯧쯧."

제갈극은 주변을 살피다가 곧 쓰러져 있는 운정과 그 옆에 있는 화산파 여인 한 명을 발견했다. 그는 눈을 몇 번 좁히며 그 여인을 보다가 곧 툭하니 말을 이었다.

"화산에서 이 정도의 미모를 가진 여인이라면 가장 먼저 떠오르는 것은 검봉 정채린이니라. 그 반면에 화산의 도복도 입고 있지 않고 기혈에 흐르는 내력도 없는 걸 보면 범인인 듯하지. 그러나 동시에 복부, 좀 더 정확하게 말하면 단전을 가리고 표정 속에 고통을 숨기고 있는 것을 보면… 오호라, 파문당한 검봉이겠군."

단번에 자신의 정체와 상황을 파악한 제갈극를 보며 정채린도 날카로운 눈빛을 빛냈다.

"중원인의 행색으로 완벽한 한어를 구사하지만 이계의 술법인 마법으로 공간을 가로지르고 나타나는 것을 보면 당신은 중원인이지만 마법을 익힌 자로군요. 그러한 인물은 손에 꼽지만 그중 아직 완전히 성인이 되지 못한 동자(童子)라면 더더욱 좁혀지지요. 당신은 태학공자 제갈극이로군요."

그때 제갈극 뒤에서 강렬한 살기가 폭사되었다. 제갈극조차도 뒤로 돌아보았는데, 그곳엔 바로 살기를 거두며 멋쩍은 표정을 지은 카이랄이 있었다.

그가 말했다.

"그때의 여인이로군. 운정을 보살피고 있었나? 순간 오해했다."

정채린은 자기도 모르게 헛기침을 하며 대답했다.

"예. 운정 도사님의 상태가 위험해요. 하지만 전 내력을 다스릴 수 없으니 와서 치료를 도와주시길 바랍니다."

제갈극은 그들의 대화를 잘랐다.

"그 전에, 태극지혈은 어디 있느냐? 운정에게 한 자루가 있는 건 알겠는데, 다른 건?"

정채린은 사방을 둘러보는 제갈극의 눈을 지그시 바라보았다. 그 안에는 운정을 향한 염려가 조금도 없었다. 그녀는 곧 카이랄에게 시선을 돌리며 말했다.

"우선 치료를 부탁합니다."

카이랄은 제갈극의 어깨를 툭 치더니 운정에게 걸어가며 말했다.

"운정이 깨어나야 나머지 태극지혈의 행방도 물을 수 있을 것이다."

제갈극은 정채린과 카이랄의 굳은 표정을 번갈아 보곤 그들의 마음을 깨달았다. 그는 바로 카이랄을 따라 걸으며 말했다.

"치료하지 않겠다고 한 적 없느니라. 급하기는."

"……."

"……."

운정에게 다가온 제갈극은 운정의 몸 상태를 위아래로 살피더니 말을 이었다.

"태극지혈의 양기가 흡수되지도 발산되지도 못하고 있느니라. 이대로 그냥 두어도 크게 더 악화되지는 않겠지만, 그렇다고 양기가 가득한 채로 그냥 둘 수는 없지. 그런데 신기하구나. 마치 물 위에 떠다니는 기름처럼 양기가 기혈 안에서 겉돌고 있어."

정채린이 말했다.

"되찾은 선공의 선기가 태극지혈의 양기를 받아들이지 못하는 건 아니겠습니까?"

제갈극은 되물었다.

"되찾은 선공? 무슨 말이냐?"

제갈극은 영문을 모르겠다는 표정을 지었다. 그 표정을 본 정채린은 그녀 스스로도 비슷한 표정을 지었다.

"선공을 되찾으셨잖습니까? 그래서 손짓으로 바람을 일으키시고 불을 내뿜으셨는데."

제갈극의 표정은 더욱 해괴하게 변했다.

"불? 불을 내뿜어? 바람은 그렇다 치고 불이라니? 언제 무당파의 내공심법에 화기(火氣)가 있었다는 말이냐?"

"그야……."

정채린은 그 말을 듣고 생각해 보니, 확실히 이상하다는 느낌이 들었다. 극적인 순간에 선인의 무위를 되찾아 그녀를 구하러 온 운정의 모습에 너무 들떴던 것인지, 이성적인 사고를 하지 못한 것이다.

제갈극은 좀 더 집중하여 영안으로 운정의 몸을 살폈다.

그가 중얼거렸다.

"확실히… 확실히. 보이느니라. 아주 깊은 곳에… 도저히 그 깊이를 가늠할 수 없는 그런… 상대적인 층수가 아니라 절대적인 깊이. 영혼만이 자리 잡고 있을 수 있는 심연에 뭔가 보인다. 어두운, 아니, 뭐지? 연보랏빛?"

"예?"

"아니, 아니다. 잘못 본 것 같으니라. 이제 보니 바람이군. 그리고 땅이야. 바람과 땅. 그래 그것들이 있어. 그것으로밖에 설명될 수 없는… 바람과 땅 그 자체가 자리 잡고 있어. 인간의 영혼에, 아니, 인간의 영혼인가?"

카이랄은 그 말을 듣고는 나지막하게 말했다.

"엘프의 엘리멘탈(Elemental)을 아는가?"

제갈극은 신경질적으로 대꾸했다.

"아느니라. 왜?"

"운정은 그중 실프(Sylph)와 노움(Gnome)을 받아들였다."

"뭐?"

"두 엘리멘탈이 패밀리어로 자리 잡은 것이다. 이상하게도."

그제야 제갈극은 머릿속 깊은 곳에서 한 가지를 기억할 수 있었다.

로스부룩이 신나게 떠들면서 말했던 연구 대상. 애초에 고지회라는 우스꽝스러운 단체를 만든 이유가 바로 운정에게 두 개의 패밀리어가 자리 잡았기 때문 아닌가?

제갈극이 괴로운 듯 자신의 머리를 부여잡으며 말했다.

"아, 이제 기억나느니라. 제길, 공간마법을 유지하느라 정신이 없어. 정채린, 그가 지닌 기운은 선기가 아니라 실프와 노움이라고 하는 이계의 것이니라. 무당산의 선기를 회복한 것은 아닐 것이다."

"......"

순간 정채린의 얼굴이 어두워졌지만, 카이랄이나 제갈극은 신경 쓰지 않았다. 카이랄은 운정의 건강에 제갈극은 운정의 상태에 정신을 빼앗기고 있었기 때문이다.

카이랄이 물었다.

"혹 그 양기가 겉돈다는 게, 그 때문인가?"

제갈극은 느리게 고개를 끄덕이며 말했다.

"그래. 양기라고 해도, 정확히 말하면 이것은 리기(離氣). 하지만 운정 도사의 선공이 받아들일 수 있는 기운은 건기(乾氣)와

곤기(坤氣)뿐이니라. 그가 익힌 선공은 너무나 순수해서 그 정
도의 차이조차 구분하니까."

"그렇다면 어떻게 해야 하지?"

"간단하느니라. 리기를 태극으로 끌어올린다면 다시 건기와
곤기로 나눌 수 있느니라. 그리고 리기를 태극으로 끌어올리
기 위해선 감기(坎氣)가 있어야 하지. 그리고 감기는……."

"감기는?"

조금 고민한 제갈극은 이마에서 식은땀을 닦아 내더니, 운
정 옆에 있던 태극지혈을 가져와서는 운정의 왼손에 역수로
쥐어 주었다. 그러자 태극지혈을 통해 주변의 음기가 칼을 통
해서 빨려 들어가 운정의 기혈 속에 흐르기 시작했다.

조금씩 흘러들어 오는 감기는 서서히 운정의 심장에 도달
하기 시작했고, 그곳에서 리기와 함께 섞이며 태극의 조화를
이루기 시작했다. 그러한 태극에서부터 또다시 건기와 곤기가
나누어져 운정의 몸 어딘가로 흡수되기 시작했다.

제갈극이 그 과정을 지켜보면서 중얼거렸다.

"단전에서 섞이는 것이 아니라 심장이라? 그리고 심장에서
섞인 뒤, 다시 건기와 곤기로 나누어지는데, 그 둘은 어디로
가는 것인가? 몸 안으로 흡수되는 것 같은데, 육신에는 남아
있지 않으니… 묘한 조화가 아닐 수 없느니라. 하여튼, 흥미롭
지만 더 깊게 생각할 여유가 없다. 이대로 두면 알아서 조화

를 이루어 양기가 모두 사라질 것이다. 정신도 곧 차리겠지."

"……."

"왜 그러느냐?"

정채린은 얼굴이 빨개진 상태로 얼굴을 돌리고 있었다. 차마 운정이나 제갈극 혹은 카이랄을 볼 수 없었는지, 눈을 이리저리 굴리고 있었다.

"그, 그것이… 양기를 제어할 수 있는 이런 간단한 방법이 있는 줄은 몰랐기에… 아, 아무튼. 그 우, 운정 도사님은 곧 괜찮아 지시는 건가요?"

"내 가문을 걸고 말하지. 괜찮아질 것이니라."

"그럼 묻고 싶습니다. 대체 운정 도사님은 어떻게 된 것인지, 또 두 분은 어떻게 마법을 통해서 이곳에 나타나게 되었는지 말이예요."

제갈극은 카이랄을 보더니 곧 정채린에게 말했다.

"설명하기 귀찮고, 또 말할 의무도 없느니라. 본좌가 그것을 네게 왜 말해 주어야 하느냐?"

"……."

"운정은 두 자루의 태극지혈만 가져오면 되는 거였다. 그런데 이놈이 함부로 공간이동을 해서 이곳으로 와 버린 것이니라. 보통의 마법사였으면 아마 그 순간 상상을 초월하는 스트레스 때문에 뇌가 물처럼 녹아내렸을 것이다. 가뜩이나 기분이 더럽고 정신도 없어 죽겠는데, 본좌가 이놈의 애인에게 상황 보고까지 해야 하느냐?"

"아… 그것이."

"잔말 말고, 나머지 태극지혈이 어디 있는지나 말해 보거라. 보아하니, 운정 도사가 그리 충동적으로 공간이동을 한 것은 너를 구하기 위해서 그런 것으로 보이는데. 저 벽면의 검상은 어찌 난 것이고, 땅 위에 뿌려진 선혈은 누구의 것이냐? 그리고 저 의자에 앉아 있는 머리가 반토막 난 시체는 뭐고?"

그때 운정의 안전을 확인한 카이랄은 제갈극의 말을 듣고 자리에서 일어났다. 그리고 그 시체를 이리저리 보더니, 천천히 다가갔다.

정채린이 설명했다.

"저 역시도 설명하자면 복잡해요. 또한 모르는 것도 너무나 많아요. 다만 제가 아는 것은 화산의 새로운 지도자가 된 이석권 장로가 화산을 배신했다는 점과 화산의 정기가 또다시 도난당할 수 있는 위기에 처했다는 것입니다. 그리고 추측하기로는……."

"추측하기로는?"

"무당산의 정기를 빼앗은 그 이계의 세력 말이에요. 제가 알기론 심검마선께서도 그들과 대적하셨으니 태학공자도 아시리라 믿습니다만, 어찌 되었든 그 세력의 마법사 중 이리저리 몸을 옮겨 다닐 수 있는 마법사가 있습니다. 그자가 이석권 장로의 몸으로 들어간 것이 아닌가 해요."

"눈동자를 보았는가?"

질문은 제갈극이 하지 않았다. 정채린이 돌아보자, 그곳에는 시체를 살펴보고 있던 카이랄이 있었다.

그는 시체의 이곳저곳을 만지작거리면서 면밀히 살피고 있었다. 정채린은 그에게 대답했다.

"두 쌍의 연보랏빛 눈동자였습니다. 제 사제와 사형의 몸에 들어갔을 때에도 그런 눈동자를 했던 것을 알게 되어… 무, 무슨 짓입니까?"

정채린은 경악한 목소리로 물었다. 그러나 카이랄은 아랑곳하지 않고, 다시금 시체의 잘려진 뇌에 손가락을 넣어 뇌수를 묻히고는 그것을 입으로 빨았다.

정채린의 얼굴이 역겨움이 가득해질 때쯤 카이랄이 태연한 목소리로 말했다.

"혹시나 해서 이 시체의 맛을 본 것이다. 그리고 맛보기를 잘했지. 완전히 마나로 바뀌는 것을 확인했으니."

"무, 무슨… 으윽."

카이랄은 다소 심각한 표정으로 말했다.

"태학공자, 이 시체는 데빌(Devil)이다."

제갈극은 뇌수를 빨아 먹는 그 행위에 어떠한 감정도 느끼지 못하는지, 카이랄과 마찬가지로 차분한 목소리로 되물었다.

"데빌? 아 그 태생적으로 마(魔)에 속해 있는 그 족속 말이냐? 마법을 시전하지도 않고 쓴다는, 마법사의 원조라고 했었지."

"마(魔)? 흐음, 그런 해석도 가능하겠군. 한어로는 간단히 마족(魔族)이라 하면 되겠어."

"그래서? 그자가 왜 이곳에 죽어 있는 것이냐?"

"죽어 있는 것 자체를 떠나서 애초에 중원에 존재하고 있다는 것이 의문이다. 흠… 정말 어떻게 중원에 존재할 수 있는 거지?"

"왜 존재할 수 없느냐? 그들은 차원을 넘을 수 없느냐?"

"나도 마족에 대해서 자세한 정보는 없다. 그들을 경계하는 일은 내 일이 아니었으니까. 다만 알고 있는 단편적인 지식으로는 그들이 생명체라고 하기 어려운 특성을 지녔다는 것이다. 그리고 그 특성 때문에 차원이동과도 같은 건 꿈도 꾸기 어렵지."

"무슨 특성을 지녔느냐?"

"그들의 육신은 말 그대로 마나 그 자체이다."

"마나 그 자체라… 기류로 이루어진 몸이라는 것이냐?"

"그렇다. 실제로 그들의 육신을 먹으면 그대로 마나가 된다.

마나 그 자체가 모이고 또 모여 만들어진 것이 그들이야. 우리 세계의 마나가 완전히 고갈된 이유가 바로 그들의 출현 때문이라는 학설도 있으니. 다만 이들은 죽으면 시신이 즉각 마나로 증발해 버리는데, 중원은 마나(Mana)가 워낙 풍부해서 그런지 바로 사라지진 않는 것으로 보이는군. 특히 이곳은 경이로울 정도로 마나가 충만해."

제갈극은 눈을 반쯤 감으며 말했다.

"그렇다면 차원이동… 아니 공간이동 자체가 불가능한 것이니라. 공간의 균열을 통과하다가는 공간 자체에 흡수되어 버릴 테니까. 이곳 차원에서 재생성이 된 것이로군."

카이랄은 한 번의 설명으로 그러한 특성까지 유추해 낸 제갈극을 감탄의 눈빛으로 보았다.

"맞다. 즉 이 마족의 육신이 만들어졌을 때 아마 엄청난 양의 마나가 소진되었을 것이다. 이런 산맥의 단위 따위는 우스운 정도의 마나가… 그러고 보니, 운정이 말하던 그 무당산의 정기가 사라졌던 사건과 연관이 있을지도 모르겠군."

그들의 대화를 차분히 듣고 있던 정채린이 태학공자에게 말했다.

"혹시 제 숙부님도 그 일에 관련된 것은 아닙니까?"

태학공자는 그녀를 물끄러미 보더니 뭔가 깨달았다는 듯 말했다.

"아, 그렇지. 태룡향검의 질녀가 바로 검봉이었지. 그것을 잊었군. 이렇게 머리가 안 돌아가다니 돌아 버리겠느니라."

"……."

"어쨌든, 태룡향검의 질녀이니, 태룡향검의 실종에 대해서도 궁금은 하겠지."

정채린은 조심스럽게 물었다.

"숙부님은 어떻게 되신 겁니까?"

"네 숙부는 이계로 가게 되었으니라. 헬(Hell)이라고, 한어로는 지옥에 해당하지."

"예?"

그때, 운정이 정신을 차렸다.

"흐음, 음."

제갈극과 카이랄 그리고 정채린이 그에게 다가왔다. 운정은 힘겹게 눈을 뜨고는 그들을 둘러보더니 말했다.

"어, 어떻게 된 겁니까?"

정채린이 뭐라 말하기도 전에 제갈극이 그에게 물었다.

"태극지혈은? 태극지혈은 왜 한 자루이냐? 다른 건 어디 있느냐?"

운정은 기억을 더듬으며 몸을 일으켜 세웠다. 그러나 곧 비틀거렸고, 정채린이 그를 옆에서 부축했다. 운정은 그녀와 눈이 마주치자, 너무나 맑은 미소를 지어 보였고 정채린은 부끄러움에 고개를 돌릴 수밖에 없었다.

제갈극의 눈이 냉담해졌다. 그는 다시금 똑같은 질문을 하려고 입을 열었는데, 카이랄이 먼저 그에게 다가와 물었다.

"몸은 괜찮나?"

운정은 카이랄을 돌아보며 말했다.

"이상해. 괜찮은 것 같은데, 기운이 하나도 없어. 기절하기 전에는 선공이 완전히 돌아온 것처럼 느껴졌는데, 마치 꿈이라도 꾼 것 같아. 주변을 보면 꿈은 아닌 것이 확실하지만……."

"그럼 선기는? 다시 잃어버린 것인가?"

"그런 듯해. 정말 한 방울도 남아 있지 않아. 남아 있는 거라고는 이 태극지혈을 통해서 들어오는 감기와 그것에 반응하는 리기뿐… 아, 그래서 기절했구나. 리기만 가득 차서. 그런데……."

"그런데?"

운정은 역수로 잡고 있는 태극지혈을 물끄러미 바라보며 말했다.

"음양의 조화를 이루는 동시에 사라져 버리는데? 어디로 가는 것도 아니고 그냥… 소멸해 버리는 듯해. 그리고 왜, 왜 심장에서 조화가 이루어지는 것이지… 설마 태극마심신공(太極魔心神功)의 영향인가?"

운정의 자문에는 그 누구도 대답해 줄 수 없었다. 다들 말이 없자 제갈극이 짜증 난 말투로 운정에게 물었다.

"운 소협. 지금 저 균열을 열고 있는 한순간, 한순간마다 내심력이 고갈되고 있느니라! 그걸 다 참아 내면서 네 몸을 진찰해 주고 또 해결법을 내준 것이지. 그러니 당장 말하거라. 태극지혈 나머지 한 자루가 어디 있는지!"

무사였다면 당장에라도 칼을 뽑아 들 태세였다. 운정이 당황하여 그를 보자, 카이랄이 조용히 말했다.

"포커스의 고갈로 인해 감정적으로 된 것이다. 그러니 그를 이해하고 그가 하는 말에 대답하는 것이 좋다. 그가 널 살린 건 엄연한 사실이니까."

운정은 알았다는 듯 고개를 끄덕인 뒤에 말했다.

"태극지혈 하나는 이석권 장로가 가져갔습니다. 욘이 그의 몸속에 들어간 뒤, 공간이동을 한 듯 보입니다."

제갈극의 얼굴이 더 이상 일그러질 수 없을 만큼 일그러졌다. 그는 정채린을 노려보았는데, 그녀가 그 사실을 알고 있음에도 처음부터 말해 주지 않은 것을 책망하는 눈빛이었다.

정채린은 미안한 마음이 들었지만, 운정의 회복을 위해선 그녀도 어쩔 수 없었다. 운정이 회복하기 전 그 정보를 줬다가는 제갈극이 그대로 가 버릴 것 같았기 때문이다.

제갈극은 곧 운정에게 저벅저벅 다가와 그의 태극지혈을

낚아채더니 으르렁거렸다.

"남은 리기는 알아서 처리하거라."

제갈극이 그렇게 돌아서서 공간의 균열로 걸어가기 시작했다.

운정이 낮은 어조로 그를 불렀다.

"태학공자."

평소와는 다른 어조에 제갈극은 걸음을 멈추고 운정을 돌아봤다.

제갈극이 말했다.

"왜 그러느냐? 한시라도 지체 말고 어서 넘어가자니까."

운정은 나지막하게 말했다.

"태학공자께서 태극지혈이 필요한 이유는 그것을 통해서 시체가 된 그 몸에 양기를 불어넣기 위함입니다. 그리고 그를 바탕을 수식을 새로이 짜서 그 몸으로도 음양의 조화를 일으킬 수 있게 하기 위함이지요. 그렇다면 말입니다, 다른 태극지혈 한 자루는 필요하지 않습니다."

"……"

"다른 한 자루는 왜 필요하신 겁니까?"

제갈극은 대답하지도 움직이지도 않았다.

대신 태극지혈을 더욱 강하게 쥐었다.

카이랄이 움직였고, 그의 륜검(輪劍)이 제갈극의 목 언저리에 정확히 멈췄다. 위험을 직감한 제갈극의 두 눈이 크게 떠지자, 카이랄이 속삭이듯 제갈극에게 말했다.

"너는 감정을 다스릴 수 없을 만큼 포커스의 고갈이 심한 상태다. 기본적인 사이코키네시스(Psychokinesis)조차도 시전하기 전에 막을 수 있다. 그러니 이상한 생각 말고 천천히 살심을 털어 내. 그리고 힘을 내서 이성을 되찾아."

"……."

"남아 있는 이성이 거의 없다는 걸 안다. 하지만 부탁이니 냉정해져라. 짜증 부리지 말고. 여기서 누구 하나 죽는 게 네게 무슨 의미가 있는가?"

제갈극은 두 눈을 꽉 하고 한 번 감고는 씹어 내뱉듯 말했다.

"그럼 저 개 같은 도사 새끼를 반쯤 죽여서라도 끌고 오기나 하거라."

카이랄은 운정에게 시선을 돌리며 말했다.

"공간의 균열을 열어 놓는 저 마법은 포커스를 심하게 잡아먹는다. 제갈극은 지금 벌레 수십 마리가 뇌를 파먹고 있는 기분일 것이다. 그러니 운정, 일단은 돌아가자. 이자가 스트레스를 감당할 수 없으면 저 균열도 닫혀 버릴 거야."

운정은 단호하게 고개를 저었다.

"태학공자는 나를 속이려 한 것이 분명해. 다른 뭔가가 있

어. 그리고 이대로 돌아가서 그가 우리를 공격하지 않을 거라
는 확증은 어디 있지? 그 애루후처럼 또 다른 실험체가 되지
않을 거라는 보장은 어디 있지?"

"......."

"나 혼자면 몰라. 하지만 린 매와 함께 위험한 그자와 동행
할 순 없어. 그리고 린 매를 이곳에 홀로 둘 수도 없어."

"운정!"

카이랄도 답답함을 느꼈는지 크게 외쳤지만, 운정은 요지부
동이었다.

"다른 꿍꿍이가 있다는 걸 알게 된 이상, 순진하게 믿을 수
는 없어. 오히려 이곳이 안전해."

제갈극은 이를 악물고 말했다.

"됐다! 다크 엘프. 손을 거두어라. 나 혼자라도 넘어갈 테니
까. 더 이상 지체하면 나도 내가 어떻게 나올지 모르니라."

카이랄은 제갈극과 운정을 번갈아 보다가 이내 손을 내렸
다.

"운정, 다른 태극지혈에도 마킹이 있으니, 다시 올 수 있을
것이다. 그러니 그자와 조우하면 언제든 돌아올 거야. 알겠
지?"

제갈극은 카이랄의 품을 벗어나며 코웃음을 쳤다.

"행여나 내가 그래 줄 것이라 보느냐? 됐다. 앞뒤가 꽉 막힌

도사 놈이 지가 알아서 죽겠다는데 어쩌겠느냐? 어차피 내가
할 일은 했으니, 더는 볼 거 없다."

제갈극은 그렇게 균열을 향해서 걸어갔다.

운정이 카이랄에게 말했다.

"카이랄도 돌아가."

카이랄은 마지막까지 운정의 행동을 알 수 없다는 듯 지그
시 보다가 자신의 허리춤에서 륜검 하나를 꺼내 운정의 앞으
로 던졌다.

"내 차크람(Chakram)에도 같은 마킹이 되어 있다. 태극지혈
의 마킹과 차크람의 마킹을 계속해서 추적하고 있을 테니, 둘
이 만나는 순간 어떻게든 도움을 주려고 하겠다. 그러니 항시
소지하고 있어. 무슨 생각인지는 모르겠지만, 일이 잘 풀렸으
면 하는군."

"네가 해 줘야 하는 거야, 카이랄."

운정은 의미심장한 눈빛으로 카이랄을 보았다.

카이랄은 운정을 의아한 눈빛으로 마주 보았지만, 운정은
더 말하지 않았다.

아니, 못 했다.

카이랄은 의문을 품었지만, 제갈극이 곧 사라진 것을 보고
는 서둘러 움직여 공간의 균열 속으로 따라 사라졌다.

그러자 공간이 원래대로 돌아왔다.

운정은 카이랄이 준 차크람을 허리에 멨다. 보기와 다르게 그 무게는 너무나 가벼워 마치 깃털을 든 것 같았다.

정채린이 운정에게 물었다.

"그래도 태학공자는 당신을 살렸어요. 왜 그러신 거예요? 이곳에 있다가는 언제 다시 이석권 장로가 찾아올지 몰라요."

운정은 눈빛을 빛내며 설명했다.

"이석권 장로는 태극지혈을 이용해서 마법을 쓰고 매화검으로 무공을 펼쳤습니다. 그 뜻은, 태극지혈을 지팡이처럼 사용한 겁니다. 그런데 제가 알기론 태학공자는 지팡이를 만들고 싶어 했습니다. 그를 통해 진정한 마법사가 되기 위해서."

"그가… 아직 마법사가 아닌가요?"

"무공으로 치면 심후한 내력과 깨달음이 있지만, 검이 없는 격이에요. 그런데도 저런 놀라운 마법을 자유자재로 구사하니, 만약 지팡이를 가지게 된다면 얼마나 강력한 마법사가 될지는 알 수 없습니다. 이계의 손님도 그것을 두려워해서 지팡이를 제대로 만들어 주지 않으려 한 것이고."

"……."

"처음부터 태극지혈이 지팡이가 될 수 있다는 걸 알아챈 것은 아닐 겁니다. 아마 공간마법을 일으키는 도중에, 이석권 장로와 제가 싸우는 걸 멀리서 확인하고는, 태극지혈이 지팡이가 될 수 있다는 실마리를 얻은 것이 아닌가 합니다. 그래서 이석권 장로가 가져간 태극지혈을 찾으려고 한 것입니다."

"그럼 정확히 말하자면… 태학공자는 태극지혈이 두 개가 필요한 것이 아니라, 지팡이로 사용이 가능한 그 태극지혈이 필요한 것이로군요."

"맞습니다. 제 의심을 들키지 않기 위해서 그렇게 말했을 뿐입니다."

정채린도 오성으로는 누구에게도 뒤지지 않는다. 그녀는 곧 운정의 생각을 알 수 있었다.

"그렇다면, 그는 필연적으로 이석권 장로가 가져간 그 두 번째 태극지혈을 찾으러 오겠군요."

"그리고 그것은 카이랄의 도움이 없이는 불가능합니다. 그러니 카이랄의 협력을 얻기 위해서 결국 우리를 구하러 올 겁니다. 카이랄은 우리의 생사를 대가로 요구할 것이니까요."

정채린은 여전히 이해되지 않는다는 듯 말했다.

"그럼 똑같지 않나요? 그가 결국 두 번째 태극지혈을 손에 넣게 되는 것이니."

"작은 가능성이지만, 카이랄이라면 가능할 수도 있습니다. 제 의도를 알아채고, 분명 태학공자가 두 번째 태극지혈을 갖지 못하게끔 하는 것이."

"……."

"태학공자는… 그는 위험한 자입니다. 그는 단순한 악인이 아닙니다. 그에겐 선도 악도 없습니다. 모든 것을 자신의 목적을 위해서 이용하는데, 그 목적조차도 불분명합니다. 옆에서 그를 지켜본 저와 로수부루는 공통된 결론을 내렸습니다. 그가 마법을 온전히 펼칠 정도로 강력한 힘을 소유하게 되면, 어떤 참사가 일어날지 알 수 없다는 것 말입니다."

정채린은 운정의 앞으로 가서 그를 정면에서 마주 보며 말했다.

"그가 아직 어떤 악행을 저지른 것이 아니라면, 그를 정죄하실 수 없으세요."

운정은 정채린이 염려하는 바를 깨닫고는 부드럽게 미소를 지었다.

"압니다. 그러니 그가 강력한 힘을 가지려는 것만 막으려는 것이지요. 그를 해할 생각은 없습니다."

정채린은 잠시 눈을 돌렸다가, 그를 마주 보며 말했다.

"그 마법사는 이계인이니, 당신을 현혹하고 이간질하려고 그런 말을 했을 수 있어요. 태학공자는 천마신교의 사람이지만, 그래도 같은 중원인이잖아요."

"태학공자가 지하실에서 이계의 마법사 한 명을 감금하는 것을 봤습니다. 그뿐만 아니라 가증스러운 현문의 술법을 행하는 것도 그렇고, 그의 패밀리어도 그렇고… 그가 위험한 사람이라는 생각은 다른 이에게 받은 것이라 아니라 순수하게 제 것입니다."

"……"

정채린은 아무런 말을 하지 않고 운정을 지그시 보았다. 운정은 그 눈빛이 이상하게 부담스러워 눈을 돌렸다.

그가 조금 작아진 목소리로 말을 이었다.

"제 생각대로 되지 않는다고 할지라도, 그저 원래대로 되는 것뿐입니다. 그리고 제가 한 말은 진심이었습니다. 그쪽으로 넘어간다 한들, 정 소저가 더 안전해지진 않습니다. 오히려 더욱 위험하면 위험하다고도 할 수 있습니다. 그러니 정 소저를 위해서도 이렇게 한 것입니다. 절 믿어 주십시오."

정채린은 양손을 들어 운정의 양 볼에 가져다 댔다.

그러곤 얼굴을 가까이 가져갔다.

얼굴의 솜털까지도 보일 정도로 가까운 거리.

그곳에서 정채린은 얼굴을 멈추고 조용히 말했다.

"아까는 린 매라고 했잖아요. 그러니 이제부터도 린 매라고 하세요. 저도 운 랑이라고 할게요. 그리고 말도 놓으시고요. 아셨죠?"

운정은 따뜻한 미소를 지으며 대답했다.

"좋아, 린 매. 그러지."

정채린은 몸을 일으키며 말했다.

"우선은 여기서 빠져나가야 할 것 같아요. 이미 시간이 오래 지체되어 언제든 이석권 장로가 들이닥칠 수 있어요."

운정도 몸을 일으켰다.

"이석권 장로는 더 이상 이석권 장로가 아니야. 욘이라는 이계의 마법사가 그 몸을 차지한 것으로 보였어."

정채린이 그를 돌아보며 물었다.

"안 그래도 물어보려고 했어요. 그뿐만 아니라 운 랑께서 어떻게 이곳에 오게 됐는지도 그리고 선기도 어떻게 회복하셨는지도… 너무 많은 것이 궁금해요."

운정은 한쪽에 머리가 쪼개진 채로 앉아 있는 시체를 보며 말했다.

"나도 린 매가 어떻게 지냈는지. 어쩌다가 이런 험한 꼴을 당하게 되었는지, 너무 알고 싶어. 하지만 일단은 이 위험한 상황을 모면해야 해. 우선 안전한 곳에 도달하고 서로의 이야기를 하자."

정채린은 많은 것이 의문스러웠지만, 궁금한 속내를 숨기고 말했다.

"좋아요. 서로의 이야기는 우선 안전한 곳으로 가서 말해요. 저도 정확하게 이곳이 어딘지는 모르지만, 화산 안이긴 한 것 같아요. 익숙한 화산의 정기가 느껴지긴 하니. 그러나 그래도 외곽 쪽임은 분명해요. 이석권 장로는 누구든 한 번쯤 올 법한 곳에서 저 이계의 마법사를 감금할 수 없었을 거예요."

운정은 천천히 그 시체에 다가갔다. 그리고 위아래로 그것을 살피며 말했다.

"그렇다면 왜 둘이 마지막에 가서는 협력한 것이지?"

정채린은 눈을 반쯤 감고는 기억을 더듬었다.

"이석권 장로의 말에서 유추하면 아마 둘은 원래부터 협력하는 사이였던 걸로 보였어요. 그런데 그 마법사가 괜히 욕심을 내서 자기도 위험해졌다는 식으로 말했었죠."

"그래서 그를 사로잡아서 고문했다? 제갈극과 같은 생각이었을까? 마법을 더 익히기 위해서였겠지? 낭인들도 무공을 위해선 무슨 짓이라도 한다고 들었는데, 그와 같은 것일 거야. 그들은 마법에 있어서 낭인과 같으니."

"하지만 패배를 직감한 순간, 오히려 그 마법사를 죽여 자신의 몸에 빙의시킨 뒤, 탈출한 것이에요."

"그렇다면 나에게 사로잡히는 것보단 혼이 빙의하는 것이 더 났다는 판단을 한 것이고, 그러면 이석권 장로 본인의 자아가 완전히 죽어 버리거나 하지는 않는다는 뜻이겠어. 만약 혼이 완전히 이석권 장로의 몸을 지배한다면, 이석권 장로가 자신의 몸을 내어 주기보단 나에게 패배하는 걸 선택했을 거야. 내가 살생하지 않는다는 것을 알았으니."

"그리고 그것이 가능한 이유로는 이석권 장로가 살아 있기 때문이 아닐까요?"

"웅?"

운정이 뒤돌아보자, 정채린이 턱을 괴고 고심하고 있었다.

그녀는 곧 입을 열어 말했다.

"이석권 장로에게 빙의했을 때는 그가 아직 살아 있는 상태였죠. 그러니까……."

"그러니까 완전히 몸을 빼앗기지는 않을 것이다?"

"그런 판단을 이석권 장로가 했다는 것이 말이 되지 않겠어요?"

운정은 고개를 끄덕이며 말했다.

"그럼 지금 이석권 장로는 이석권 장로 본인일 수도 있고, 욘이 되었을 수도 있겠어."

"둘 중 누가 되었든, 저희를 죽이려고 찾아올 것임은 분명해요. 자신에 대한 진실을 누설할까 봐 살인멸구해야 하니까요."

"……."

그리고 그것은 곧 절망적인 상황을 야기한다.

운정은 묵묵히 무궁건곤선공을 일으켜 보았다. 하지만 몸에는 일절 반응이 없었다. 오히려 아직 그의 기혈에 남아 있는 리기만 반응하며 심장으로 모여들었을 뿐이다. 태극의 조화로 인해서 만들어졌을 건기와 곤기는 도대체 어디에 숨어 있는지 어떠한 반응도 보이지 않았다.

그렇다면 도주해도 의미는 없다. 무림인 앞에서 무공을 쓸 수 없는 두 범인이 도주에 성공할 확률은 없다 해도 무방하다. 어쭙잖은 중소문파도 아니고 화산파의 손아귀에서 벗어나는 건 절정고수도 인생을 건 도박을 해야 천운으로 가능한 것이다.

운정은 자신의 앞에 놓인 이계인의 시체를 물끄러미 바라보았다.

"운 랑?"

정채린의 물음에도 운정은 그 시체에 시선을 고정하곤 툭 하니 말했다.

"카이랄이 말하길, 이 시체는 마나… 즉 기로 이루어져 있다고 했어."

"운 랑, 설마… 아니죠?"

"여기서 달리 빠져나갈 방법이 있겠어? 내가 힘을 되찾지 않으면, 빠져나간다고 해도 쉽사리 추격당해 죽음을 면치 못할 거야."

정채린은 운정에게 달려왔다. 그리고 그를 붙잡고 올려다보며 말했다.

"이자가 이계의 사람이라 해도 식인(食人)은 천인공노할 일이에요."

"……."

"다른 방도를 생각해 봐요, 일단은."

운정은 눈을 지그시 감았다.

지금 무슨 생각을 했단 말인가?

그는 얼굴을 푹 숙이곤 손으로 이마를 짚었다.

"미안해. 다급하다 보니, 나도 모르게 말도 안 되는 생각을 했어."

정채린은 그런 그를 한동안 물끄러미 보았다.

그러곤 결심한 듯 그를 불렀다.

"운 랑."

"……."

부드럽고 따뜻한 부름.

하지만 운정은 그 아래 내재되어 있는 날카로움과 차가움을 읽었다.

운정이 고개를 들자, 정채린이 그를 똑바로 마주 보고 물었다.

"왜 태학공자를 따라가지 않은 거예요? 이 정도로 극단적인 생각을 할 정도라면 차라리 그를 따라갔으면 됐잖아요? 왜 거기가 위험한 거예요? 천마신교라서?"

"아니야. 천마신교라고 해도 무림맹과 어느 정도 화친을 하고 있으니 린 매를 해하지 못하지."

"그러면요?"

"······."

운정은 정채린과 눈을 마주쳤지만, 결국 입을 열지 못했다.

그 뜻은 하나다.

제갈극이 지팡이를 가지게 되는 것이, 운정과 정채린 둘의 목숨이 위험에 처하는 한이 있더라도, 막아야 한다는 것. 다시 말하면, 운정은 자기와 정채린의 목숨보다 제갈극이 힘을 갖추는 것을 막는 것이 먼저라고 생각한 것이다.

운정의 얼굴에 죄책감이 들기 시작하자, 정채린이 살짝 고개를 흔들었다.

"대의를 위해서 개인을 희생하는 건 백도인의 본분. 저는 운 랑이 대의를 위해서 제 목숨을 위험에 처하게 했다고, 투정부리려는 것이 아니에요. 남자의 사랑만 갈구하며 자신의 안위만 생각하는 그런 어리석은 여자로 절 보셨다면 오히려 제가 실망이에요."

"······."

"저는 매화검수의 단주였어요. 단주로 있으면서 대의를 위해서 수많은 대원들의 죽음으로 내몰았어요. 지금도 제 명령 때문에 대를 위해서 죽은 대원들이 절 하늘에서 지켜보고 있어요. 그러니 동일하게, 저는 언제라도 대의를 위해서 죽을 수 있어요. 운 랑께서 저희 둘의 목숨보다 제갈극이 힘을 갖추지 못하는 것이, 이 중원을 수호하는 데 더 중하여서 그렇게 행

했다면, 저는 조금의 불만도 없이 따를 거예요. 제가 말하고
싶은 부분은 그것이 아니에요."

운정이 눈을 한 번 깜박였다.

"그러면?"

"식인까지도 생각할 정도로 제 목숨을 중요히 여기시는 운
랑의 마음은 정말 고마워요. 그렇기 때문에 더 의문이에요.
저를 위해서 식인도 생각하시는 운 랑께서 태학공자에게 도
움을 받는 것은 거부했죠. 운 랑은 식인보다 태학공자에게 도
움을 받는 것을 더 싫어한다는 뜻이에요."

"싫어하는 것이 아니야. 다만……."

"다만?"

"……."

운정은 또다시 말을 하지 못했다.

정채린은 차분히 그리고 신중하게 말을 이었다.

"그가 다른 꿍꿍이를 품고 있다는 것을 운 랑께서 깨닫게
된 후에, 운 랑은 명분을 얻은 것이 아닌가요? 그의 도움을 뿌
리칠 수 있는 명분 말이에요. 운 랑은 선공을 되찾을 수 있다
는 사실을 확인했고, 따라서 더 이상 그에게 매달릴 필요가
없어졌어요. 그러니 힘이 없을 때엔 아무렇지 않게 순응했던
것이 갑자기 거슬릴 수 있어요. 사람은 무위가 상승하면 자연
스레 그렇게 되잖아요?"

운정은 그녀의 말을 이해했다. 그렇기에 참담한 마음이 들었고, 무겁기 그지없는 입술을 겨우 열렸다.

"그러니까, 린 매는 내가 치기(稚氣)로 그랬다고 보는 건가?"

정채린은 잔인한 선포를 그에게 속삭였다.

"그래요."

"……."

"선기를 다시 잃으셨잖아요. 범인의 마음으로 돌아오셨잖아요. 그러니, 그러실 수 있죠."

운정은 누군가 칼로 가슴을 베는 것 같은 기분이 들었다. 또한 그녀가 자기가 이야기했던 모든 이야기를 다 변명으로 들었다는 사실에 쥐구멍으로 숨고 싶은 감정이 들었다.

정채린은 한없이 넓고 깊은 눈으로 운정을 보고 있었다. 그 눈은 따스했지만, 동시에 차가웠다. 부드러웠지만, 동시에 날카로웠다. 그를 이해하면서도, 동시에 그를 판단하는 그런 눈이었다.

운정은 도저히 인정하고 싶지 않았고, 인정이 되지도 않았지만, 모든 감정을 묵묵히 삭인 채 고개를 숙였다. 정채린은 그가 스스로 선택한 여인이기 때문이다.

"내가 어리숙해서 린 매를 위험에 처하게 했어. 미안해."

정채린은 더할 나위 없이 맑게 웃어 보였다.

"괜찮아요. 다음부턴 안 하시면 되죠."

"······."

"우선은 이 시체부터 살펴봐요. 굳이 먹는 것이 아니라 다른 방법으······."

정채린은 손을 뻗어 그 시체에 대는 순간 그녀가 말을 더 못했다. 몸이 비틀거리더니, 픽 하고 옆으로 쓰러졌기 때문이다. 하지만 쓰러지는 와중에도 그 손은 시체에 완전히 달라붙은 듯 떨어지지 않았다.

"린 매!"

운정은 갑작스레 쓰러진 그녀를 붙들었다. 방금까지 했던 모든 생각과 감정이 그의 머리와 마음에서 전부 날아가 버렸다. 그리고 오로지 그녀를 향한 걱정이 가득할 뿐이었다.

그때, 정채린의 그림자가 불쑥 커졌다. 운정이 놀라 그것을 보는데, 그 그림자에서 튀어나온 어떤 검은 것이 스르륵 움직이더니, 그 이계인의 시체로 들어갔다. 운정은 그 광경을 눈으로 보면서도 무슨 일이 일어났는지 이해할 수 없어, 정신을 잃어버린 정채린은 붙들고만 있을 뿐이었다.

찌이익. 찌익. 취익.

갑자기 시체의 잘려진 머리 부분이 꿈틀거리기 시작했다. 이상한 소리를 내면서 이리저리 움직이는데 마치 머리를 잃은 연체동물과도 같았다. 곧 자잘한 거품이 일어나고 또 끈적끈적한 액체가 분비되며 상처 부위가 비벼졌다.

운정은 얼른 정채린을 안아 들고 그 시체로부터 멀어졌다. 꽤 거리가 되자, 그 시체를 경계 어린 시선을 바라보았는데, 그 시체는 서서히 자신의 본래 형태를 갖추기 시작했다.

잘린 머리가 서서히 수복되고 곧 뚜렷한 얼굴이 만들어졌다. 그뿐 아니라, 곧 머리에서부터 진한 보랏빛 머리가 길게 자라나더니, 땅까지 늘어질 정도가 되었다. 동시에 은은한 마기가 그 신체에서 서서히 흘러나오기 시작했다.

그 자색장발(紫色長髮)의 남자가 눈을 떴고, 그 눈에서 자색안광(紫色眼光)이 쏟아졌다. 그것은 강렬한 마기를 동반하여 마치 강력한 마공을 익힌 초마(超魔)의 마인을 마주한 것 같았다.

그의 두 눈은 눈꺼풀이 다 떠지기도 전에 이미 정채린에게 가 있었다.

그는 앉은 채로 몸을 움직였다.

쿵! 쿵! 쿵!

그는 그렇게 몇 번이고 자신을 에워싼 속박에서 벗어나려 했지만 조금도 일어설 수 없었다. 그때마다 마기가 전신에서 폭사되어 그의 근육이 부풀어 올랐지만, 그를 감은 검은 끈은 절대로 끊어지지 않았다. 무슨 마법인지, 이석권의 속박은 단순한 힘으로 끊을 수 있는 것이 아닌 듯 보였다.

그 자색장발의 남자는 결국 스스로 그곳에서 빠져나올 수 없다는 것을 인정하고는 숨을 가다듬었다. 그러자 동굴을 가득 메웠던 마기가 그의 몸으로 다시금 빨려 들어가더니, 그 자취를 온전히 감췄다. 이 세상의 기운 중 마기만큼 갈무리하기 어려운 기운도 없는데, 그 자색장발의 남자는 호흡 한 번으로 해내는 것으로 모자라 조금의 흔적도 남기지 않았다.

그는 정채린을 바라보며 말했다.

"Mnaa za, Rael!"

그것은 이계의 공용어도 요괴의 언어도 아니었다. 운정은 지금까지 그런 억양의 언어를 들어 본 적이 없었다.

그때, 정채린은 눈을 반쯤 뜨더니, 곧 그 시체를 바라보며 말했다.

"I nazazxabbi esaeu. Esaeun roza iz Dia'Trax."

운정의 두 눈이 휘둥그레졌다. 정채린의 입에서 그 자색장발의 남자가 한 말과 비슷한 억양의 언어가 흘러나왔기 때문이다.

운정은 묻지 않을 수 없었다.

"리, 린 매? 어떻게 이, 이계의 언어를?"

정채린은 고통스러운 듯 눈을 깜박이더니 운정을 보고 말했다.

"이, 이계의 언어라뇨?"

"지금 저자와 이계의 언어로 대화하지 않았어?"

정채린은 눈초리를 모으더니 말했다.

"아니오. 저, 저자가 한어로 말하고 있잖아요."

"한어?"

정채린은 이상하다는 듯 그 자색장발의 남자에게 말했다.

"La ona zdaot ir mandarin niksq?"

자색장발의 남자가 뭐라 말하려는 그때, 어디선가 큰 소리
가 들렸다.

"입구를 찾았다!"

정채린과 운정 그리고 자색장발의 남자가 동시에 동굴 입
구 쪽을 바라보았다.

저벅. 저벅. 저벅.

연속적으로 들리는 발소리에 운정과 정채린의 표정은 어두
워졌다. 자색장발의 남자는 다시금 속박에서 벗어나고자 안간
힘을 썼지만, 역부족이었다.

정채린은 자기도 모르게 운정의 품에서 나와 그 남자에게
갔고, 운정도 그녀를 뒤따랐다. 그들이 자색장발의 남자에게
다 다가왔을 때쯤, 입구에서 매화검수들이 서서히 모습을 드
러내기 시작했다.

녹준연, 호순, 진연수, 석왕조, 손소교 등등.

정채린은 그녀가 아는 매화검수들의 얼굴이 하나둘씩 늘어
날 때마다 마음이 미어지는 것을 느꼈다. 특히 그녀를 바라보

는 그들의 눈빛에 일말의 자비도 없다는 사실에 더욱 절망감을 느꼈다.

마지막 소청아까지, 살아 있는 모든 매화검수들이 동굴 안에 섰다. 동굴에 이십이 훌쩍 넘는 인원이 가득 차자, 공기가 뜨거워지는 것이 실시간으로 느껴질 정도였다.

그들 중 녹준연이 중앙에서 앞으로 한 발짝 나오며 말했다.

"이석권 장로께서 말씀하시기를 정 소저를 대문에 데려다주는 동안 이계마법사의 도움을 받아 도주했다고 들었습니다. 마법의 힘이라 장로께서도 어찌할 수 없었다고. 어차피 파문을 당해 무공까지 잃었으니, 이만하면 되었다고 생각했다 합니다."

"……."

"하지만 이곳 주변에서 폭음이 들은 제자들이 있었습니다. 귀환하신 장로께서는 그것을 가벼이 여기지 않으셨습니다. 행여나 정 소저께서 도주하려는 것이 아니라 이계의 마법사와 한패로서, 또다시 화산의 정기를 훔치려 하는 것이 아닌가 하는 의심이 드셨기 때문입니다. 그래서 장로께서는 매화검수에게 이 일대를 수색하라 명령하셨습니다. 그리고 보란 듯이 이곳에 숨어계셨군요."

정채린도 한 발자국 앞으로 나서며 말했다.

"이런 이야기를 왜 내게 다 해 주는 것이지?"

"정 소저를 믿고 싶어서 그렇습니다."

"……."

"정 소저가 원래부터 이계인과 한패이고 화산의 정기를 훔치려 했다? 아무리 이석권 장로님의 말씀이었다고 해도 검수들은 다들 반신반의했습니다. 그러니 기회를 드리려고 합니다. 옆에 있는 그 자색장발의 이계마법사는 누구이며, 왜 그 마법사의 도움을 받아 이석권 장로님에게서 도망가신 겁니까? 그리고 이석권 장로님께서 하신 말씀 중 틀린 것이 있다면 변명해 보십시오. 화산에서 자라, 화산의 무림인으로 평생을 보내며, 지금까지 우리를 지도하신 정 소저께서 이계인과 한패일 리는 없지 않습니까? 안 그렇습니까?"

정채린은 말없이 뒤를 돌아보았다. 그곳에는 의자에 속박된 채, 그녀를 올려다보고 있는 자색장발의 남자가 있었다. 그 남자는 매화검수들을 둘러보더니, 정채린을 올려다보며 말했다.

"Mnaa za. Yar I zowa esaeu."

나를 풀어 줘. 그러면 나는 너를 살린다.

정채린은 도저히 이 자색장발의 남자에 관해서 설명할 수 없음을 느꼈다. 제대로 알지도 못하거니와 안다 해도 매화검수들의 마음을 어떻게 돌릴 수 있겠는가.

그녀는 다시 매화검수들을 보았다.

"나도 몰라."

"……."

"그가 누군지 또 왜 내게 저런 말을 하는지. 알 수 없어. 내가 아는 건 이석권 장로, 그가 청룡궁와 내통한다는 것과 그들의 마법을 탐내서 이러한 일을 벌였다는 거야."

녹준연의 눈에 살심이 서서히 피어올랐다.

그가 말했다.

"정 소저, 우리는 당신을 믿었습니다. 믿고 따랐습니다. 그랬기에 당신의 명령에 아낌없이 생명을 내던진 형제자매들이 있었고, 여기 있는 누구라도 그렇게 했을 것입니다. 하지만 당신은 우리 모두를 배신했습니다."

"……."

"이석권 장로께서 마법을 탐하셨다고요? 그것이야말로 이석권 장로께서 하신 말씀입니다. 이석권 장로께서는 정 소저가 무공을 잃게 되어 마법을 익히고자 이계마법사와 손을 잡은 것이 아닌가 의심하셨습니다. 정 소저에겐 무공만이 전부라고 말씀하습니다. 남들보다 강해지고 아름다워지는 것만이 정 소저의 삶의 목적이라고. 그렇기에 그것을 잃음으로 완전히 낙심하여 화산을 배신하고 마법을 익히려고 하셨을 거라고, 그렇게 말씀하셨습니다."

정채린은 냉정하게 말했다.

"앞뒤가 맞지 않아. 그렇다면 내가 파문당하고 나서 이계의 마법사와 접촉한 것이니, 그 전에 화산의 정기를 훔치려는 시도를 하지 않았지. 그러니 그것은……."

녹준연은 정채린의 말을 잘랐다.

"저도 압니다. 장로님께서 억측이 심한 것은. 하지만 정 소저 본인도 저 이계마법사에 대해서 할 말이 없지 않습니까? 이 상황에서 정 소저를 믿으라는 겁니까? 그리고 저 운정 도사는 왜 이곳에 있습니까? 이계마법사에 대해서 말할 수 없다면 적어도 운정 도사가 이곳에 있는 이유를 말씀해 보십시오."

정채린은 입을 열었으나 곧 닫았다. 공간마법으로 오게 되었다고 해 보았자, 어떻게 받아들일지는 뻔했기 때문이다.

"말해도 못 믿을 거야."

그 대답을 들으니 녹준연과 더불어서 모든 매화검수들이 노골적으로 살기를 내비치기 시작했다. 아무리 악한 악인을 상대할 때도 살심을 품는 것을 조심하던 매화검수들이지만, 정작 자신의 대주가 배신했다는 것을 깨닫자 도저히 살심을 참을 수 없었던 것이다.

녹준연은 분노에 찬 목소리로 말했다.

"방금 정 소저께서 말씀하시길, 무공을 잃게 되어서 화산을 배신하고 마법을 익히려 했다면, 그전에 화산의 정기를 훔치려는 시도에 동조했다는 것에는 앞뒤가 맞지 않는다고 하셨습니다. 하지만 운정 도사까지도 한패라면 아귀가 맞게 됩니다. 정 소저께서 운정 도사와 서로 연모하는 사이라는 것은 모두가 다 아는 사실. 그러니 본래부터 화산의 정기를 훔치려고 했던 운정 도사가 파문을 당해 정신적으로 신체적으로 약해진 정 소저의 마음의 틈을 파고들어 그쪽으로 회유했다고 볼 수 있습니다."

"⋯⋯."

정채린은 아무런 말도 하지 않고, 그들을 뚫어져라 바라보았다. 그 두 눈에는 일말의 죄책감도 존재하지 않았고, 그 때문에 녹준연은 더욱 더 분노를 참을 수 없었다.

그는 더러운 것을 토해 내듯 말했다.

"변명이라도 해 보십시오, 정 소저."

정채린은 여전히 아무런 말도 하지 않았다. 그녀는 그저 가만히 매화검수들을 지켜볼 뿐이었다.

더 이상 무슨 말로 그들을 설득할 수 있을까?

정채린은 깊게 고민했지만 도저히 매화검수들을 설득할 방법이 없다는 사실만 깨달을 뿐이었다.

그렇다면 결국 무림인의 논리로 시시비비가 판가름 날 것이다.

그녀는 운정을 보았다. 운정은 눈을 감으며 고개를 살짝 돌렸다. 무공을 펼칠 수 없다는 뜻이다.

정채린은 결국 자색장발의 남자에게 말할 수밖에 없었다.

"Sael?"

갑작스러운 이계어의 모든 매화검수들의 표정이 경악으로 물들었다. 그리고 그 경악은 곧 강렬한 살기로 급변하기 시작했다.

자색장발의 남자가 말했다.

"Iq's aozes mnaez aeuqziga. bued nid aemm aera xoth."

확신을 얻은 녹준연이 이를 악물었다. 그러곤 매화검수들에게 말했다.

"내가 죽이겠다. 살행으로 마에 젖어드는 한이 있더라도 죽이겠어. 동문의 핏값을 내가 직접 치를 테니, 다들 멀리서 지켜봐. 마에 빠지는 것은 한 명이면 된다. 모두들 살점 하나라도 베고 싶겠지만 화산의 미래를 생각해서 참아라. 살아남은 제자가 너무 없다."

녹준연은 경공을 펼쳤다. 그와 동시에 정채린은 이계마법사를 속박하고 있는 검은 끈 하나를 잡아 찢었다. 녹준연의 검이 정채린의 뒤통수에 닿으려 했고 운정은 안간힘을 써서 막으려고 손을 뻗었지만, 이미 너무 늦었다.

정채린이 소리 질렀다.

"Rae tizz!"

"크아악―!"

녹준연은 검을 놓치며 믿을 수 없다는 듯 아래를 보았다. 그곳에는 그의 복부를 뚫어 버린 굵은 팔이 있었다. 자색장발의 남자는 감흥 없는 표정으로 팔을 빼내더니, 정채린을 보곤말했다.

"Hoqa. Xuq rael I laer't."

정채린은 양손으로 자신의 입을 가리곤 그 자리에 주저앉았다. 입으로 피를 뿜으며 죽어 가는 녹준연의 얼굴에서 시선을 떼지 못하고 그대로 굳어 버렸다.

그녀는 결국 정신적 충격을 이기지 못하고 기절했다. 운정은 그녀를 안아 들고 상태를 살폈다. 호흡이 일정하고 맥박도 일정하다. 큰 지장은 없는 듯했다.

운정이 고개를 들어서 보니, 자색장발의 남자는 이미 매화검수들 사이로 몸을 던지고 있었다.

第二十四章

제갈극은 관자놀이를 짚으며 얼굴을 쓸어내렸다. 그러곤 공
간의 균열을 닫아 버렸다. 때마침 균열 밖으로 나온 카이랄은
공간의 단면에 몸이 잘려 버릴 뻔했다.

　"죽일 셈인가?"

　제갈극은 눈을 찌푸리며 뒤를 보았다. 그곳에는 진지한 표
정의 카이랄이 있었다. 제갈극은 관자놀이를 짚은 손을 내리
며 한어로 말했다.

　"뭐야? 따라온 것이냐? 그 도사 새끼와 함께 있는 줄 알았
느니라."

카이랄은 고바넨을 향해 고갯짓했다.

"그녀에게 받아야 할 것이 있다."

"리인카네이션(Reincarnation) 마법 말이군. 여차하면 내가 알려 줄 수도 있다."

"뭐?"

"뭐라고?"

카이랄과 고바넨이 동시에 물었다. 제갈극은 지하실 한쪽으로 걸어가 물을 따라 거칠게 마셨다. 쿵 하고 잔을 내려놓고는 입을 닦으며 말했다.

"본좌는 본래 마법을 보기만 해도 그 원리를 모두 알 수 있느니라. 마법의 지식을 얻은 이후로는 원리를 아는 것에서 그치는 것이 아니라, 그것을 스스로 시전할 수도 있게 되었지. 이건 근본을 보는 것이기에 마법이 엘프어로 되어 있든 말든 상관없느니라."

"……."

"……."

"왜? 거짓말 같으냐? 그런 걸 보면 영안에 해당하는 것이 이계에는 없나 보군."

고바넨은 나지막하게 말했다.

"오딘 아이(Odin eye). 설마 더 세븐을 가지고 있을 줄이야. 이제 알겠군. 왜 괴물인지."

제갈극이 고바넨을 보며 비웃듯 말했다.

"더 세븐이라면 강력한 마법 도구를 말하는 것 같은데, 본
좌의 영안은 마법 도구 따위가 아니니라. 그것은 본좌가 삼라
만상의 지혜를 깨닫게 되면서 스스로 열게 된 눈이니라. 뭐,
이런저런 도움들이 있었지만 말이다."

카이랄은 이해할 수 없다는 듯 말했다.

"마법의 영창을 한 번 보고 그것을 즉시 바로 시전할 수 있
는 방법은 오딘 아이뿐이다. 그것의 도움이 아니고서야 어떻
게 마법의 영창을 보고 그 원리를 깨칠 수 있다는 것이지? 그
건 마치 사람의 얼굴을 한 번 보고 그 사람에 관한 모든 정보
를 깨우치는 것과 같다."

제갈극은 거만한 표정으로 말했다.

"중원의 술법을 행하는 술사들에게 무림인과 같이 입신의
경지가 있다면 바로 이 영안이다. 겉을 보고 그 이면에 존재
하는 것을 깨쳐 보는 것이야. 물론 그 시야를 감당할 정신력
이 뒷받침되어야 하지만, 본좌의 심력에 대해서 더 설명할 필
요는 없겠지. 아무튼 오딘 아이인지 뭔지 하는 그 아티팩트
(Artifact)도 그저 영안을 깨친 마법사들이 보여 줬던 신기를
옆에서 목격하고, 그런 아티팩트가 있다고 소문이 난 것뿐일
것이다."

"그런……."

고바녠은 믿을 수 없다는 표정을 지었지만, 정작 마음속에선 제갈극의 말에 설득되고 있었다.

오딘 아이는 전설 속에만 몇 번씩 등장하는 것으로 한 시대를 풍미한 위대한 마법사들이 지녔다는 아티팩트다.

어느 시대에는 한 번도 나타나지 않고, 어느 시대에는 두세 명의 마법사에게 나타나기도 하는 등, 모든 더 세븐 중 그 행방을 가장 알기 어려운 것이었다.

제갈극은 어깨를 들썩이며 말했다.

"못 믿는 것 같으니 보여 주마."

그는 그렇게 말한 뒤에 고바녠과 카이랄 사이로 갔다. 그리고 양손을 앞으로 뻗은 뒤 눈을 감고 주문을 읊었다.

그러자, 그의 두 손에서 보랏빛 기운이 서서히 올라오더니, 서로와 얽히고설키면서 이런저런 문양과 글자를 만들어 냈다. 그것은 완벽한 리인카네이션 마법의 영창이었다.

고바녠은 그것을 경악을 넘어서 황당한 눈길로 바라보았다.

그러다 문득 제갈극이 애초에 그녀로 하여금 그 마법을 카이랄에게 시전할 수 있도록 해 준 것이 아닌가 의심이 들었다. 마법의 영창을 직접 눈으로 확인하고 완벽히 알기 위해서 말이다.

허무한 한마디를 내뱉었다.

"Aledamefi tonu dajeqitoduja."

믿을 수 없어.

그것은 엘프의 원어로, 카이랄도 아는 언어였다.

언데드가 된 카이랄은 다크 엘프의 언어를 혐오한다. 일족에 대한 복수심 때문인지 언어조차도 쓰고 싶지 않다. 그러니 고바넨이 자기 원어로 말을 했다는 것은 그만큼 너무나 기가 막힌 것을 보고 자기도 모르게 말한 것임이 분명하다는 것이다.

그 정도로 제갈극이 보여 주는 것은 기적을 넘어선 것이었다.

제갈극이 집중을 마치자 연보랏빛 기운이 다시금 손으로 들어갔다. 그가 눈을 뜨고 카이랄에게 말했다.

"제대로 시전하기 위해선 지팡이가 필요하지만, 그건 상관없지. 가르쳐 주기만 하면 되는 것이니까."

카이랄은 눈을 좁히며 말했다.

"지팡이가 있어야 한다?"

"세밀한 조정이 필요한 마법이야. 방대한 마나와 포커스로 밀어붙여서 시전이 가능한 마법은 아니라는 것이지. 방금 본좌가 보여 준 건 본좌가 리인카네이션을 완전히 이해하고 있다는 증거이지, 그것을 실제로 행할 수는 없다."

카이랄은 고개를 한번 끄덕였다.

"나에게 그것을 가르쳐 주는 대가로 요구할 것은 뻔하겠 군."

"지팡이로 사용했던 그 태극지혈. 그것의 좌표를 다시 알려 주고 내게 협력해라. 그럼 이 마법을 가르쳐 줄 뿐 아니라 그 동안 네 기억의 갱신도 보장하마."

카이랄은 팔짱을 끼었다. 고바넨과 제갈극을 한 번씩 번갈 아 보더니 말했다.

"우선은 이 엘프를 풀어 주는 게 먼저 아닌가? 아직까지 블러드팩을 수행하지 않은 것은 바로 너다, 제갈극."

"할 것이니라. 시간도 다 되어 가고. 다만 그 전에, 네가 군이 이 엘프의 학파에 들어가지 않아도 되는 길을 제시한 것뿐이니라. 본좌에게서 리인카네이션 마법을 배우면 네크로멘시 학파에 볼일은 없지 않은가?"

"왜지? 왜 내게 그런 길을 제시하는 것이지?"

제갈극은 고바넨을 흘겨보며 말했다.

"이자들과 우리는 적대 관계이니라. 적의 세력이 늘어나기보 단 우리 쪽으로 회유하는 것이 옳은 길이지. 게다가 운정 도사의 입장을 생각했을 때도, 네가 우리 쪽에 남아 있는 것이 좋으니라."

카이랄은 더욱 눈을 날카롭게 뜨고 제갈극을 보았다. 하지 만 전에 살아 있을 때처럼 제갈극의 진위를 알 수 없었다. 뱀파이어의 몸과 가공된 영혼으로는 엘프로서 당연히 누리던 축복이 모두 사라져 버렸기 때문이다.

제갈극은 묵묵히 카이랄을 기다렸고, 카이랄은 역으로 물었다.

"그런 엄청난 포커스의 고갈을 겪고도 금세 회복해서 정치적인 판단을 하다니 대단하군. 운정에게 더 이상 악감정은 없는 건가?"

제갈극이 얼굴을 일그러뜨리며 말했다.

"당시에 상황이 좋지 못했느니라. 얼마나 대가리가 안 굴러갔으면, 그 데빌의 시체를 같이 가져올 생각을 하지도 못하고… 으휴. 가뜩이나 실험거리 하나를 잃어버리게 되었으니, 대체재로 딱 좋았는데 말이지."

곧 잃어버릴 실험거리인 고바녠은 어이가 없어 아무런 말도 할 수 없었다.

카이랄이 말했다.

"거절한다. 고바녠을 풀어 줘."

제갈극은 이해할 수 없다는 듯 말했다.

"왜지? 나에게 배운다면 그들에게 속하지 않아도 되는데?"

"그것까지 내가 설명할 의무는 없겠지."

"……."

"만약 나를 사로잡아서 똑같이 고문할 생각이면 접는 것이 좋을 것이다. 나는 이 연약한 엘프와는 달라. 전생에 다크 엘프 가디언이었다. 네 고문 방식이 아무리 창의적이라 할지라도, 내가 겪어 보지 못한 건 없을 것이다."

제갈극은 카이랄의 눈을 지그시 바라보다가 툭하니 말했다.

"그럴 리가 있겠느냐? 운정 도사가 살아 있는 한 그와 직접적인 마찰을 일으켜서 좋을 건 없으니까. 어찌 된 영문인지 엘리멘탈을 통해 선공까지 되찾았으니, 그와 반목해서는 앞으로의 일이 상당히 어렵겠지."

"그것을 안다면 순순히 우리를 보내 줘라."

제갈극은 사악하게 웃으며 말했다.

"무슨 다른 생각이 있는 듯하지만, 그것을 지켜보는 것도 재밌는 일이겠지. 고바넨. 잠시 기다려라. 태극지혈에서 흘러들어 오는 양기를 추적하여 내 몸을 변형한 뒤, 기문둔갑을 다시 짜서 풀어 주마."

그가 말한 세 가지 일은 사실, 마법사가 적어도 수년은 바쳐서 연구하여 수많은 시행착오 끝에 할 수 있을 법한 일이지만, 제갈극은 눈을 감고 몇 차례 집중하는 것을 끝내 버렸다.

"……."

"……."

제갈극이 두 눈을 뜨고 손짓하자 고바넨을 속박하던 끈들이 한순간 풀려 버렸고, 고바넨은 그 자리에 털썩 주저앉았다.

그녀가 제갈극을 의심스러운 눈으로 쳐다보자, 제갈극은 피식 웃으면서 말했다.

"왜? 또 희망고문 같아서 그러느냐? 걱정 말거라. 이번에는 진짜니."

"……"

"어차피 네게서 알아낼 법한 것들은 다 알아냈어. 아직까지도 내게 숨기는 것이 있다는 것에 조금 놀라긴 했지만, 내가 관심 있는 것은 마법에 관련된 것뿐이니, 상관없겠지. 하긴, 그 외에는 물어보지도 않았지만 말이야. 지팡이도, 내가 막상 태극지혈을 붙잡고 연구하다 보면 만들 수 있겠지. 안 된다면 그때 가서 되찾아도 되니까. 그래도 기문둔갑이 제대로 펼쳐지는 건 좋군."

고바넨은 겨우 손을 앞으로 뻗어 말했다.

"내, 내 지팡이를 돌려줘."

제갈극이 고개를 한번 끄덕이자, 그의 그림자 속에서 모호가 올라왔다. 그녀는 양발을 교차하며 걸으면서, 풍부한 가슴골에서 고바넨의 지팡이를 꺼내 고바넨에게 주었다.

고바넨은 그것을 받아 든 뒤에, 제갈극을 노려보았다. 제갈극은 여전히 여유로운 미소로 그녀를 내려다보고 있었다. 그녀가 자기의 지팡이를 보니 그 끝에 붙은 보석이 완전히 빛을 잃은 것을 알 수 있었다.

카이랄은 고바넨에게 다가가서 말했다.

"좌표를 주지."

고바넨은 이를 바득 물고는 곧 공간마법을 실행했다. 카이랄은 그녀의 마법에 동조하여 좌표를 제공했고, 고바넨의 외침과 더불어 그들은 실험실에서 사라졌다.

그리고 곧 한적한 동산 위에 나타났다.

"하악. 하악. 하악."

생명과 정신 모두의 고갈을 느낀 고바넨은 자리에 누워 버렸다. 그녀는 거칠게 숨을 내쉬며 차가운 밤공기를 폐에 가득 불어 넣었지만, 죽어 있는 그녀의 장기는 공기를 힘으로 바꾸지 못했다.

카이랄은 그런 그녀를 내려다보며 말했다.

"아무리 오랫동안 언데드가 된다 해도 살아 있을 때의 버릇을 고치지는 못하나 보군. 호흡한다 해도 답답함이 사라지지 않을 텐데 말이지."

그 말을 들은 고바넨은 거친 호흡을 일부러라도 멈췄다. 그녀는 자기가 그렇게 격한 숨을 쉬었다는 사실에 충격을 받았는지, 조금 침묵하더니 말했다.

"고문의 여파겠지. 고통을 느끼다 보니 살아 있다고 착각하게 된 거야."

"……."

"스태프에 붙은 마나 스톤이 다 고갈돼서 생명력을 사용했다. 포커스도 고갈이야. 그러니 피를 나눠 줘."

카이랄은 자신의 손목을 그녀의 입에 가져갔고, 고바넨은 그 손목을 깨물어 흡혈했다.

카이랄은 생명력이 빠져나가는 것을 느끼며 눈앞에 펼쳐진 낙양의 절경을 바라보며 말했다.

"이렇게도 낯선 곳에서, 언데드가 되어 다른 언데드 혈족에게 피를 빨리리라곤 평생 동안 상상해 본 적 없다."

고바넨은 맛없는 그 피를 적당히 마시곤 손으로 그 손목을 치웠다. 그리고 몸을 일으켜 카이랄 옆에 앉고는 말했다.

"도시가 이렇게 가까이 있는데도, 마나가 충만하지. 낯선 곳일지는 모르지만, 마법사에겐 천국이야. 당장 무너져 내려도 좋을 이런 몸 상태로 공간마법을 쉽게 펼친 것 봐라. 파인랜드에선 절대 불가능한 일이야."

"……."

"여긴 어디지? 좌표를 보니 꽤나 짧던데, 저 도시는 낙양이겠어."

"중원에 처음으로 요트스프림의 입구를 낸 곳이다."

고바넨은 놀란 표정으로 카이랄을 돌아봤다.

"그런 공사를 해낼 수 있는 자가 있나?"

카이랄은 표정에 어떠한 변화도 없이 말했다.

"내가 했다."

"……."

"보아하니 폐쇄한 것 같지만."

고바넨이 뒤를 보니, 그곳엔 무너져 내린 동굴이 있었다. 그녀는 다시 시선을 앞으로 하며 말했다.

"너를 추방했으니, 네가 낸 길도 믿지 못하는 거야. 아쉽게 되었군. 고된 일이었을 텐데."

"그보단 내가 얻은 지식을 근거로, 중원과는 더 엮이지 않는 것이 좋겠다고 판단했을 것이다. 옛것만 집착하는 놈들이 하는 생각은 뻔하지."

고바넨은 은은하게 분노하는 카이랄의 기분을 이해했다. 공간마법의 좌표를 굳이 이곳으로 한 이유도 일족을 향한 자신의 업적을 다시금 확인하고 싶은 무의식적인 바람에서 그런 것일 것이다. 그것이 완전히 파괴된 것을 확인하며 무슨 감정이 들었을까?

그녀는 잡생각을 떨쳐 내고는 자리에서 일어나며 말했다.

"사람 한 두세 명만 흡혈하면 충분히 네크로멘시 학교로 돌아갈 만한 생명력을 확보할 수 있다. 서두르자."

카이랄은 시큰둥하게 말했다.

"중원에 학교를 세웠나? 대단하군."

"중원에 다크 엘프 성지의 입구를 낸 것만 하겠나."

"……."

"안 일어나고 뭐 해? 그 괴물이 마음이 바뀌기 전에 움직여야 해. 이 정도 거리는 마음만 먹으면 추적할 수 있을 것이다."

"아니, 일단 기다려 봐."

"왜?"

"올 사람이 있다."

"뭐?"

카이랄은 양손을 앞으로 뻗고 눈을 감았다. 그리고 주문을 읊었는데, 마법을 완성하지 않고 마나를 움직여 밤하늘 높이 올렸다.

마나로 만들어진 기이한 문양이 밤하늘에 그려지는 것을 본 고바넨이 말했다.

"무슨 짓이지? 우리 위치를 왜 알리는 거야?"

카이랄은 손을 내리고 눈을 뜨며 말했다.

"그땐 운정이 무슨 말을 하는지 그 의미를 알 수 없었지. 그런데 제갈극이 나에게 제의를 하는 순간 깨달을 수 있었다. 그 제안이 매력적이었기 때문에 오히려 경계심이 생겨서 그런 듯하다. 그러면, 이걸 보고 이곳으로 올 거야. 십 분, 아니, 오 분만 기다려 보고 오지 않으면 그때는 가도 좋다."

고바넨이 눈살을 찌푸리고 따지려 할 그때, 갑자기 그들의 옆 공간이 찢어지며 누군가 그곳에 떨어졌다.

*　　　　*　　　　*

호로록.

뜨거운 차를 마시는 머혼의 모습에서 기품이라고는 일절 찾아볼 수 없었다. 로스부룩은 머혼이 태생부터 귀족으로 온갖 특권이란 특권은 모두 누리고 살았다는 것을 알고 있었다. 하지만 가끔 이런 모습을 보면 머혼 본인이 값비싼 돈을 정보 단체에게 주고 그런 과거를 꾸민 것이 아닌가 하는 생각이 들었다. 머혼은 그러한 일이 가능했고, 또 필요하다면 할 남자이기 때문이다.

머혼은 자기를 내려다보는 로스부룩의 시선을 느꼈다. 말로 뭐라 표현할 수 없지만, 은근히 기분이 나빠지는 눈빛이다.

머혼이 퉁명스럽게 물었다.

"왜 그렇게 봐?"

로스부룩은 천천히 차를 들면서 말했다.

"중원에 다도(茶道)라는 것이 있습니다. 아무래도 남녀노소를 가리지 않고 차를 좋아하다 보니, 차에 관한 예법이 중원에 자리 잡은 듯합니다."

머혼은 콧등을 긁더니 말했다.

"그래서?"

로스부룩은 입술을 삐쭉이며 말했다.

"앞으로 중원의 세력가들과 만나게 되면, 차를 같이 마시게 될 일이 많지 않겠습니까? 매번 번거로운 식사를 할 리도 없고, 식사를 한다 해도 차는 마시니까요."

머혼은 움츠렸던 몸을 뒤로 편히 하며 말했다.

"그래서 무슨 말이 하고 싶은 건데?"

로스부룩은 다시금 입술을 삐쭉였다.

"그러니까, 다도에 대해서 한번 익혀 보는 것이 어떤가 해서 드리는 말씀입니다."

그렇게 말한 로스부룩은 한 손으로 차를 받치고 또 다른 손은 요상한 각도로 세우더니 몸을 살짝 틀고 입에 털어 넣듯 차를 마셨다. 누가 봐도 그가 말한 다도라는 것을 보여 주는 것이었다.

머혼의 두 눈이 반달 모양으로 변했다. 그러더니 그가 턱을 매만지며 말했다.

"내가 내 아버지 이야기를 해 준 적이 있던가?"

머혼의 아버지는 파인랜드 내에서 아직도 회자되는 인물이었다.

이미 명을 달리한 인물임에도 불구하고 살아 있는 누구보다도 그 이름이 사람들의 입에 오르락내리락하고 있었다.

로스부룩도 익히 들어서 아는 그 이름을 말했다.

"그러고 보니 백작님께서 직접 머혼 대공의 이야기를 하신 적은 없던 것 같습니다. 간간히 언급만 하셨지."

"그야, 별로 아버지를 좋아하진 않았으니까. 자식한테 거는 기대가 너무 큰 양반이었거든. 나한테 물려준 재능은 쥐꼬리만큼도 없으면서. 지가 안 물려줘 놓고 나한테 지랄하잖아? 좋아할 수가 있겠어?"

"아하, 백작께서 그런 아버지 아래서 자라서 그런지, 자식들을 방목하시는군요. 왜 도련님이 그렇게도 망나니 같......"

머혼은 로스부룩의 말을 잘라 버렸다.

"아무튼, 그 아버지가 말이야. 한 번은 짜증이 많이 났었어."

"왜요? 그 드넓은 영지의 상속자가 조국을 배신하고 딴 나라 가서 혼자 힘으로 살림을 차려 보겠다고 야간도주라도 감행했답니까?"

머혼은 그 말을 무시하면서 말을 이었다.

"그런데 그날따라 식탁 위에 포크가 다섯 개가 올려져 있었던 거야. 가뜩이나 짜증이 나는데 포크가 다섯 개라니? 그래서 하녀에게 물어보니, 유독 그날 음식을 다양하게 해서 그 종류에 맞춰서 올리다 보니 다섯 개나 됐다는 거지. 주방장이 은퇴하고 그 자리를 노리던 세 명의 일급요리사가 서로 솜씨를 앞다투다 그렇게 됐다나?"

로스부룩은 머혼의 마음속에 그어진 선을 아주 잘 알았다. 그래서 놀려먹는 건 여기까지 하고 그 말에 동조해 주기로 했다.

"아, 음식 종류에 따라서 포크가 달라졌군요? 뭐 고기, 야채, 생선 이렇게 말입니까?"

"고기 내에서도 갈라지고, 생선과 고기는 다른 걸 쓰잖아? 뭐 어쨌든 중요한 건 그게 아니고, 그래서 아버지께서 그날은 포크 하나만 썼어. 샐러드용으로 고기도 쑤셔 대고, 젤리도 쑤셔 대고… 솔직히 그날 그런 아버지를 보면서 나는 좀 많이 놀랐거든. 드디어 노망이라도 들었나 했지. 아버지는 그런 거에 굉장히 깐깐한 분이셨거든. 남들이 자길 어떻게 생각하는지 얼마나 신경을 쓰는지, 이름 없는 하녀 하나하나 눈치를 봤지. 뭐, 벽에는 눈과 귀가 달렸다나?"

"그거 백작님도 말한 적 있는 것 같은데요."

"……."

"뭐, 그래서 어떻게 됐습니까? 말로만 듣던 머혼 대공의 그런 인간적인 모습이라니, 재밌기는 하네요."

머혼은 팔짱을 끼더니 말했다.

"그런데 한번 그러니까, 계속 그렇게 드시더라고. 나중에는 하녀들도 그냥 포크 하나만 올리고. 그런데 그 버릇이 어디 가겠어? 왕궁에 초대돼서 제국의 실세들만 모인 그런 자리에서도 그렇게 먹은 거야. 내가 그걸 보고 아주 창피해 가지고… 그런 자리에선 뭐만 보이면 아주 서로 물고 뜯고 난리도 아닌 곳인데 말이지."

"……."

"그런데 재밌는 게 뭔지 알아? 그때 아버지가 정말 잘나갔거든. 황제도 함부로 못 하는 때라서, 심지어 내가 공주한테까지 추파 던지고 그래도 아무도 뭐라고 못 했지. 그러고 보면 공주도 참 속앓이했을 텐데, 갑자기 미안해지는군. 대공의 상속자라서 싫다고도 못 하고, 쯧쯧쯧."

"아이구, 역시 핏줄은 못 속이는군요. 도련님도 얼마나……."

"아무튼, 중요한 건 그런 아버지가 포크 하나로만 식사를 하니까, 갑자기 아버지 직속 백작들이 똑같이 따라 하기 시작한 거야. 말했지만, 그땐 아버지가 잘나가서 황제 바로 옆에서 밥 먹었거든. 나도 상석에서 이렇게 내려다보는데, 하나둘씩 서로 눈치를 살피더니 어느새 그 실세 중의 실세이며 귀족 중의 귀족들인 자들이 전부 포크 하나로만 식사했지."

로스부룩은 시익 웃었다.

"장관이었겠습니다."

머혼은 눈길을 내리며 말했다.

"무서웠어."

"……."

머혼은 잠시 옆을 보더니 곧 손을 입으로 가져가면서 말했다.

"아버지 입버릇이 있거든. 원래 'ㅌ' 발음을 'ㅊ' 발음처럼 하는 듯이 안 하는 듯이… 그런 버릇이 있었지. 나는 일부러라도 안 하려고 하지만."

순간 로스부룩의 얼굴이 살짝 굳었다.

"설마……."

"그래. 제국의 귀족들이 다 그렇게 발음하지? 최근에 황제의 연설 들었을 때도 그렇게 말하더라고. 내 어릴 때 기억으론 귀족들에게 그런 발음은 없었어. 만들어진 거지, 아버지의 영향력 때문에, 저절로."

"……."

머혼은 빈 찻잔을 들어 보였다. 그리고 그것을 이리저리 둘러보며 말했다.

"중원의 다도? 배워서 뭐 하게? 곧 없어질 것이야. 중원은 기껏해야 이 찻잔을 굽는 기술만 남기겠지."

로스부룩은 나지막하게 물었다.

"정말 그렇게 보십니까?"

머혼은 로스부룩에게 날카로운 시선을 던지며 말했다.

"과연 문파라는 것이 살아남을까? 아니면 무공만 살아남을까? 델라이의 천재가 보기엔 어떠신가? 파인렌드에 문파가 설립될까? 아니면 이곳 중원에 학교가 설립될까? 무엇이 살아남을까 생각해 보았나?"

로스부룩은 잠시 말이 없다가 이내 툭하니 말했다.

"보존해야 합니다, 최소한."

머혼은 시익 웃었다.

"당연하지. 날 뭘로 보고. 하, 나도 자네처럼 순수했으면 좋겠어."

"……"

"그래서 운정 도사에 대한 진척은 어떻게 되었어? 고지회인지 뭔지 그걸로 중원의 마법을 배운다고 했잖아? 기문둔갑인가?"

로스부룩은 묵묵히 자신의 찻잔을 바라보았다. 그는 한 손으로는 찻잔을 집어 들고 다른 손을 받친 채 차를 한 모금 머금었다. 중원의 어느 문관이 보아도 빈틈을 찾아볼 수 없을 정도로 완벽한 예절을 갖추고 있었다.

머혼의 얼굴은 살짝 굳었지만, 로스부룩은 개의치 않았다. 그는 차를 마시곤 앞에 내려놓으며 말했다.

"요즘 들어 태학공자가 자신의 연구에 몰두하고 있어서 기문둔갑에 대해서는 배우지 못하고 있었습니다. 다만 운 소협과의 대화를 통해서 무당파의 철학에 대해서는 상당히 많이 배우고 있습니다."

"……"

"꽤나 좋더군요. 삼라만상을 이기(理氣)로 이해하는 무당파의 철학은 중원의 모든 사상이 그 뿌리를 두고 있는 양대 산맥 중 하나입니다. 소림파가 멸문하지 않았다면, 소림승에게도 불교철학에 대해서 들을 수 있었으면 하는 아쉬움이 있습니다."

"지금까지 내 이야기를 뭐로 들은 거야?"

"한쪽 귀로 들어서 한쪽 귀로 내보내고 있었죠."

"……"

"걱정 마십시오, 백작님. 저야 지적 만족을 위해서 중원에 왔다지만, 백작님이 요구하시는 모든 것에 동의한다고 하지 않았습니까? 일단은 중원의 철학을 이해해야 하지만 그 무공을 이해할 수 있으니, 제가 배우고 있는 게 꼭 헛짓거린 아닙니다."

머혼은 얼굴을 잔뜩 일그러뜨렸다.

"기술을 익히라고 했지, 현학적인 철학을 쌓으라고 누가 그랬어? 그런 건 파인렌드에도 많잖아?"

로스부룩은 빙그레 웃더니 찻잔을 들어서 머혼에게 보이며 말했다.

"다도에는 말입니다, 단순히 차를 마시는 방법이 있는 것이 아니라, 그것을 통해서 서로 대화하는 방법에 대해서도 가르칩니다. 차가 단순히 차가 아니라 서로의 마음을 열기 위한 하나의 방편이라는 것이죠. 그리고 그것을 위해서 중원의 찻잔 또한 진화해 왔습니다."

"……."

"바닥의 두께, 결의 간격, 위에 새겨진 무늬. 이 아름다운 모든 것을 만드는 기술이 개발된 이유도 다 다도가 먼저 존재했기 때문입니다. 그러니, 다도가 없었다면 이런 기술도 없었겠지요."

머혼은 고개를 돌려 버렸다.

"하여간 말싸움에서 지는 법이 없어요. 됐다. 경과 보고 할 거 없으면 나가. 쉬게. 교주가 낼 아침에 보자 해서 제대로 잠을 자 둬야 해. 그리고 너도 통역 때문에 필요하니까 쉬어 두고."

"통역이야 아티팩트(Artifact)로 하시면 되잖아요."

"싫어. 제대로 되지도 않고. 통역어법으로 말하는 것도 귀찮아."

머혼은 침상 위로 벌러덩 누워 버렸다.

로스부룩은 작은 미소를 짓고는 말없이 밖으로 나왔다.

중원의 밤바람은 상쾌했다.

로스부룩은 눈을 감고 밤하늘을 만끽했다.

"후우, 정말 마나가 가득하구나. 밤이 되니 더욱 진해져. 달이 하나여서 그런 건가? 그게 마나와 어떤 연관이 있을지 모르겠네. 흐음. 안 그래도 연구할 게 많은데 자꾸 궁금한 거만 늘어나니 피곤해, 피곤해. 자, 일단 집중하자. 운 소협과 함께 이야기를 하다 보면 되겠지. 그나저나 마나의 흐름이 너무 좋군. 역시 중원으… 자, 잠깐. 뭐지?"

그는 눈을 팍 하고 떴다. 하늘엔 별이 가득했다. 그 외에는 아무런 특이한 점이 없었다. 그럼에도 불구하고 로스부룩은 귀신을 본 것처럼 그 자리에 굳은 채 눈을 돌리지 못했다.

그가 중얼거렸다.

"운(雲)? 마나로 하늘에 옅은 글씨를 쓰다니… 마법사가 분명하지만, 한어를 썼으니… 잠깐만. 운이라면… 운정?"

그는 잠시 고민하더니, 서둘러 자신의 방으로 돌아갔다. 그리고 한쪽에 벗어 둔 페이즈 클록을 입더니, 손을 모으고 주문을 외웠다. 페이즈 클록 위에서 번개가 지지직 하더니, 공간 마법이 실행되며 그의 몸이 사라졌다.

탁.

온 세상이 뒤바뀌고, 로스부룩은 자신의 머리를 부여잡고 흔들어 정신을 차렸다.

그는 고개를 들어 앞에서 앞을 보았다. 그곳에는 그의 예상을 완전히 초월하는 존재가 있었다.

로스부룩은 도저히 자신이 보고 있는 것을 믿을 수 없어 눈을 몇 번이고 비볐다. 하지만 그런다고 카이랄과 고바넨이 다른 것으로 바뀔 리 없었다. 또한 그들의 눈동자가 연보랏빛을 하고 있었다는 점도 말이다.

"당신들이 글씨르… 배, 뱀파이어? 그것도 엘븐 뱀파이어 (Elven Vampire)라니!"

로스부룩은 자기도 모르게 뒷걸음질 쳤다. 그 모습을 본 카이랄이 그에게 빠르게 말했다.

"델라이의 천재. 운정이 위험에 처했다. 진정해."

로스부룩은 그 자리에 우두커니 섰다. 그는 곧 눈초리를 모아 카이랄을 보더니 말했다.

"다, 당신은? 어떻게 하다가 어, 언데드가?"

카이랄이 고개를 끄덕였다.

"다행이군. 너라면 그 마나의 글씨를 알아챌 수 있다고 생각했어. 자세한 건 나중에 설명하마."

로스부룩은 그 말을 듣고는 이마를 모았다.

"이제 보니 당신이 저를 부른 것이로군요. 무슨 일 때문에 그러십니까?"

"많은 것을 설명할 시간은 없다. 나도 잘 알지 못하고. 다만 운정 도사가 화산에 있고, 그를 도와주어야 한다. 그만큼 장거리 공간마법을 펼치기 위해선 태학공자 외에 너밖에 없다. 태학공자가 아니라면, 너를 말하는 거겠지."

그 순간 고바녠의 표정이 굳었다. 그녀가 입을 살짝 열었지만, 로스부룩이 먼저 말했다.

"그게 무슨 말입니까? 화산? 그가 지금 화산에 있다고요?"

"운정은 태학공자를 믿지 못하겠다고 했다. 그렇다면 널 뜻하는 것이겠지. 설명하기 앞서, 우선은 안전한 곳이 없나? 태학공자의 시선에서 벗어난 곳."

"……."

"한시가 급하다."

로스부룩은 상황을 전혀 이해할 수 없었지만, 우선은 카이랄의 말을 듣기로 했다. 그에게 적의가 없었고, 무엇보다 절박한 심정이 그대로 드러났기 때문이다.

"일단은 제 방으로 가도록 하지요. 화산까지 가려면 마법을 꽤 오랫동안 시전해야 할 겁니다. 그런데 저 엘프도 같이 갑니까?"

카이랄이 그녀에게 말했다.

"네 일과는 관계가 없으니, 기다리면 찾아가겠다. 괜히 위험한 일에 뛰어들 필요 없지 않나? 흡혈로 생명력을 채우고 있어."

고바녠이 고개를 저었다.

"이대로라면 언제고 태학공자가 찾아올 수 있다. 떨어지는 것이 더 위험해."

카이랄은 로스부룩에게 고개를 돌리고 말했다.

"다 같이."

로스부룩은 고개를 끄덕이고, 손을 앞으로 뻗어 주문을 외웠다. 대략 일각 정도가 흐른 후, 페이즈 클록(Phase Cloak)에서 번개가 지지직 하더니 공간마법이 실행되었다. 순간 고바넨의 두 눈에 이채가 서렸다.

그들은 어느 폐쇄된 방 안에 나타났다.

눈을 감은 채 숨을 고른 로스부룩은 천천히 손을 내렸다. 그것을 뚫어지게 보던 고바넨은 로스부룩이 눈을 뜰 때까지 기다린 뒤, 그에게 물었다.

"어떻게 한 거지? 마나를 주변에서 끌어다 쓰다니."

로스부룩은 씨익 웃으며 말했다.

"중원의 내공심법을 조금 변형해서 마법을 시전하면 마나스톤이 필요 없습니다. 물론 주변의 마나가 가득한 중원에서나 가능한 일이겠지만."

고바넨은 자신의 지팡이를 물끄러미 내려다보았다. 지팡이 끝에 달려 있는 보석은 그 빛을 완전히 상실해 아무 길바닥에나 있는 돌멩이처럼 보였다.

그녀가 말했다.

"마나 스톤에 역으로 마나를 주입하는 것도 가능한가?"

"그 방도는 아직 연구 중입니다. 이번에 파인랜드로 돌아가면, 마나 스톤 제작 기술을 보유한 장인을 만나 논의해 볼 작정입니다."

"……."

"네크로멘시 학파에서 중원의 기술과 마법을 융합하는 데 관심이 있으면 저희 백작님과 한번 이야기해 보시지요. 델라이 왕국은 이해타산이 맞는 그 누구와도 거래합니다."

싱긋 웃어 보인 로스부룩은 카이랄을 돌아보며 말을 이었다.

"이곳은 제가 심혈을 기울여서 만든 곳입니다. 마법을 수련하거나 연구할 때 쓰는 곳으로 보안에 각별히 신경을 써서 태학공자도 알지 못할 겁니다."

카이랄은 방 안을 훑어보며 말했다.

"당신도 태학공자 못지않군. 마법사들에겐 윤리란 것은 존재하지 않는 건가?"

로스부룩은 엘프에게 그런 질문을 받는 것이 어이없어 얼굴을 조금 굳히곤 말했다.

"그럴 수밖에요. 세상이 연구 대상으로 변하니, 그 아래 속하지 않은 것 같은 기분이 드니 말입니다. 그래도 전 이성을 유지하려고 노력합니다."

카이랄은 한쪽 유리관을 가리켰다. 그곳에는 사람의 뇌가 담겨 있었다.

"이성?"

로스부룩은 멋쩍은 미소를 지으며 말했다.

"무림인의 뇌를 얻으려고 제가 찾아 나서서 죽이진 않았습니다. 그건 거래로 얻은 겁니다."

"흠, 운정이 보면 과연 그 정도의 선을 이성이 유지되고 있는 거라 생각할까?"

"운 소협은… 친우이니 누구보다도 아시잖습니까? 그 선악의 기준이… 너무 개인적입니다."

"위선을 그렇게 돌려 말할 수 있을 줄은 꿈에도 몰랐군."

"……"

"아무튼, 운정을 도와주는 것에는 협력하는 것이겠지? 무림인의 뇌를 갈라 볼 정도로 호기심을 못 참는 네가 운정을 포기할 리가 없지."

로스부룩은 카이랄의 빈정거림에 상당히 기분이 상했다. 하지만 카이랄의 말대로 운정에게 향한 호기심은 도저히 그를 포기할 수 없게 만들었다.

로스부룩이 굳은 표정으로 말했다.

"서둘러야 한다고 하신 것 같은데, 아닙니까? 이런 잡담을 언제까지 늘어놓을 참입니까? 그리고 그쪽도 같이 가는 거 맞지요?"

로스부룩의 질문에 고바넨은 그를 한번 돌아보곤 툭하니 말했다.

"내가 이곳에 온 건 태학공자에게서 벗어나기 위함이야. 네가 말한 대로, 너희의 일은 내 일이 아니니 더는 개입하지 않겠다."

정중한 거절이었다.

로스부룩이 바로 말했다.

"제 방에서 무슨 짓을 할지 알고. 그렇게는 못 합니다."

카이랄이 말했다.

"운정과 저자는 본래 반목하는 사이다. 차라리 이곳에 두고 가는 것이 좋을 수 있어."

고바넨은 로스부룩과 카이랄을 번갈아 보다가, 자신의 지팡이를 로스부룩 쪽으로 건네며 말했다.

"내 지팡이를 가져가라. 신뢰의 대가로 주지. 다시 돌아왔을 때, 내가 네 연구물에 무슨 짓이든 했다면 부러뜨려도 좋다."

과감한 신뢰 표시.

로스부룩은 언데드가 되어도 엘프는 엘프답다는 생각을 하며 그 지팡이를 받아 허리 뒤쪽에 매곤 말했다.

"아무것도 건들지 말고 그대로 있으셔야 합니다. 이곳에 있는 한, 태학공자로부터는 안전할 겁니다."

"알겠다."

로스부룩은 방 안 이곳저곳을 돌아다니면서 굴러다니는 마나 스톤을 하나씩 챙겼다.

"그 정도의 장거리 공간마법에 쓰려면… 그리고 또 돌아오려면… 중원이라고 해도 마나 스톤을 거의 다 써야겠네. 게다가 아마 돌아오고 나면 이틀은 뻗어 있을 텐데… 내일 아침에 통역마법은 어떻게 해야 하나… 아, 참 나."

이리저리 돌아다니며 마나 스톤을 모으자 품에 한가득이었다. 그는 그것을 카이랄과 자신의 사이에 쏟아 내고는 양손을 앞으로 뻗었다. 그런데 마법을 시전하기 바로 직전 고바넨이 그에게 물었다.

"그런데 너는 지팡이가 없나?"

"아, 예."

"왜? 지팡이 없이도 장거리 공간마법을 쓸 정도라면… 정식 마법사가 되었을 땐 그 실력을 상상하기도 어렵군."

그는 살짝 웃더니 말했다.

"마법지팡이는 한번 가지면 그것으로 거의 끝 아닙니까? 마법사는 처음 받은 지팡이로 평생을 써야 합니다. 도중에 바꾸거나 하는 건 생명을 건 도박이니까요."

"그건 그렇지."

"그래서 기다리고 있습니다. 스승님께서 정말 좋은 걸로 하나 만들고 계셔서 말입니다. 그걸 받으면 정식마법사가 될 겁니다. 그때는 아무도……."

"잠깐! 서둘러야 한다. 둘이 만났어."

카이랄이 심각한 목소리로 말하자, 로스부룩이 되물었다.

"예?"

"둘의 좌표가 가까워. 아무튼 당장 공간마법을 시전해야 한다."

카이랄의 표정에서 다급함이 떠오르자 로스부룩은 얼떨결에 고개를 끄덕이고는 카이랄과 마주 보고 주문을 읊기 시작했다.

그리고 그 순간부터 고바넨은 그들이 읊는 주문에 집중하며 슬쩍 방 안을 보았다. 그녀 또한 마법사인지라, 로스부룩의 연구실에는 그녀의 호기심을 잡아끄는 많은 것들이 산재해 있었다. 그녀는 흥미로운 눈길로 하나하나 바라보며 중얼거렸다.

"지팡이도 없는 견습마법사가 화산까지 갈 정도의 장거리를 공간이동하다니. 스승이 누구인지는 모르겠지만 아주 고약한 성정을 지녔군. 저런 재능과 실력을 보고도 마법사로 인정해 주지 않다니, 후훗. 마스터보다 더 심한 사람이 있으리라곤… 그나저나 화산? 화산이라고 했지."

그녀의 눈이 깊게 가라앉았다.

그녀가 아래를 보자 이리저리 아직도 굴러다니는 마나 스톤들이 있었다. 카이랄과 로스부룩의 주문을 조금도 놓치지 않고 들으면서, 천천히 움직여 마나 스톤 하나둘씩을 주워 품에 넣었다. 로스부룩은 장거리 공간이동에 집중하느라 그런 고바넨의 행동을 알지 못했고, 그것은 카이랄도 마찬가지였다.

어느 정도 시간이 지나자, 좌표를 모두 전달한 카이랄이 먼저 눈을 떴다. 그가 뒤를 돌아보자, 고바넨이 왼손에 마나 스톤을 쥐고 다른 손을 카이랄에게 뻗으며 말했다.

[페럴리시스(Paralysis).]

카이랄은 나무 막대기처럼 옆으로 쓰러졌다. 몇 번을 바닥에 튕겼지만, 그는 고통을 느끼지 않았다.

고바넨은 그에게 다가가 말했다.

"내가 섬기는 마스터 온께서는 화산에 계신다. 너희의 일이 마스터와 연관된 일이라 생각하는데, 아닌가?"

카이랄은 뭐라 말하고 싶었지만, 혀까지 마비되어 말할 수 없었다. 고바넨은 그 앞에 앉아서 얼굴을 들이밀고 그의 눈을 뚫어져라 보며 말을 이었다.

"가디언답지 않게 방심했군. 나를 떼어 놓으려 했던 걸 보면 이미 너도 알고 있었던 것이고, 그렇다면 작정하고 나를 속이려 한 것이지. 만약 이 모든 것이 내 오해라면, 다시 돌아와 되살려 주겠다."

고바넨은 고개를 더욱 숙여 카이랄의 목을 깨물었다. 그리고 카이랄이 가진 마지막 핏물까지 모조리 빨아 먹었다. 카이랄의 몸은 차갑게 식었고, 온몸이 창백하게 변했다.

더 이상 마실 수 없을 때까지 피를 빤 고바넨은 입을 닦으며 자리에서 일어났다. 같은 언데드의 피다 보니 탁하고 맛이 없었지만, 그래도 강력한 생명력이 흘러넘쳐 죽은 뇌에도 새로운 선혈이 들어오며 정신을 회복시켜 주었다.

그녀는 품에 넣은 마나 스톤을 한번 잘 확인한 뒤에, 아직도 주문을 시전하고 있는 로스부룩의 앞에 다가가서 양팔을 들었다.

그리고 그 주문을 해킹했다.

로스부룩은 이마를 찡그렸다. 그가 완성하고 있는 공간마법에 비집고 들어온 이질적인 주문이 느껴진 것이다. 그는 시전하고 있는 그 마법을 통째로 포기하려 했지만, 이질적인 주문은 그것조차도 하지 못하도록 로스부룩을 옭아매고 있었다. 그냥 놔버리면 정신적 부담은 그대로 로스부룩에게 전해져, 백치가 되고 말 것이다.

그러니 완성을 시킬 수밖에 없는데, 이곳저곳을 건드려서 마법이 이미 상당히 바뀌었다. 로스부룩은 그 이질적인 주문이 그의 마법을 더욱 변질시키기 전에 차라리 빠르게 끝내는 것이 났다고 판단하고, 최대한 포커스를 끌어올려 주문을 완성했다.

고바넨은 피식 웃으며 완성된 주문조차 빈틈을 파고들었다. 장거리 이동마법은 극도의 세밀함을 요구로 하는 만큼 로스부룩은 모든 방면에서 완전하도록 최대한 신경을 썼다. 하지만 서두르다 보니, 그가 놓친 부분들이 속속들이 나왔고, 고바넨은 그런 부분을 집요하게 물고 늘어졌다.

고바넨은 이미 완성된 마법조차 뚫어 내서 그 속을 천천히 바꿔 버렸다. 로스부룩은 고바넨의 해킹 실력에 도저히 자신이 이길 수 없다는 것을 깨달았다. 이것은 순전히 경험의 차이로, 이런 식의 공격을 받아본 적이 거의 없던 로스부룩은 속수무책으로 당할 수밖에 없었다. 그는 결국 그녀가 원하는 방식으로 세 가지를 양보해야 했다.

마나의 공급처는 마나 스톤에서 마나 스톤과 로스부룩으로.

포커스의 공급처는 카이랄과 로스부룩에서 로스부룩으로.

공간이동 인원은 카이랄과 로스부룩에서 고바넨과 로스부룩으로.

그나마 로스부룩이 지켜 낸 것은 마나의 공급처에 관련된 것으로, 고바넨은 그것을 온전히 로스부룩에게서 받는 식으로 주문을 해킹하려 했으나, 로스부룩이 마나 스톤을 억지로 끼워 넣는 데 성공했다. 안 그랬다가는 장거리 공간마법에 들어가는 마나를 로스부룩 홀로 온전히 감당하여 빼빼 마른 해골이 되어 죽었을 것이다.

고바넨과 로스부룩이 동시에 눈을 떴다.

찰나의 시간, 고바넨은 여유만만한 눈빛으로, 그리고 로스부룩은 어두운 눈빛으로 서로를 보았다.

그들은 동시에 외쳤다.

[텔레포트(Teleport).]

[텔레포트(Teleport).]

그들의 모습은 로스부룩의 연구실에서 사라졌다.

그곳엔 차가운 시신으로 되돌아간 카이랄만이 꼼짝도 못하고 있을 뿐이었다.

자색장발(紫色長髮)은 전신으로 마기를 풍기며 공중에서 떨어지고 있었다. 그를 향해서 뻗어진 여러 개의 검날은 어떤 것도 베어 버릴 만한 내력이 가득했지만, 그는 아랑곳하지 않고, 그 안으로 뛰어들었다.

챙. 채— 챙.

수없이 많은 칼날음이 자색장발의 몸속에서 울렸다. 그의 육신을 두부처럼 썰며 들어간 많은 매화검들이 서로와 부딪치며 소리를 낸 것이다. 설마 그가 아무런 방어도 하지 않고 몸을 들이밀 줄 몰랐던 매화검수들은 영문을 모르겠다는 듯 서로를 바라보았다.

시익.

자색장발의 남자가 웃자, 그것을 본 소청아가 큰 소리로 외쳤다.

"방심하지 마세요!"

온몸에 검이 박힌 자색장발은 갑자기 몸을 빙글 돌렸다. 그에 따라 매화검을 잡고 있던 매화검수들은 그 회전에 빨려 들어갔다. 열 명이 넘어가는 인원을 전부 다 돌려 버릴 정도로 자색장발의 힘은 엄청난 것이었다.

게다가 그 돌아가는 속도는 점차 빨라지기 시작했다. 보법을 밟아가며 속도를 맞추던 매화검수들은 더 이상 따라갈 수 없다는 생각에 매화검을 포기하기로 했다. 그들은 서로 눈빛을 주고받고는 일시에 손을 놓았는데, 손가락이 펴졌을 뿐 손바닥은 검에 완전이 붙어 있어 매화검을 놓을 수 없었다.

"내력을 흡수당하고 있다!"

그들 중 가장 내력이 심후했던 매화검수가 큰 소리로 외쳤다. 매화검을 통해서 내력을 흡수당하고 있으니, 검과 손이 딱 달라붙어 버린 것이다.

회전은 점차 빨라지기 시작했고, 매화검수들은 보법이 느린 순서대로 한 명씩 질질 끌리기 시작했다. 흡사 사람을 가지고

회오리를 만드는 그 광경에, 그 누구도 어떻게 대처해야 할지
알 수 없었다.

차라리 압도적인 검공과 심후한 내력을 지닌 고수라면 뭐
라도 수가 있었을 것이다. 하지만 전신에 검을 꼽은 채로 내력
을 흡수하며 마구 회전하는 적이라니? 도대체 뭘 어떻게 하라
는 건가? 그 와중에도 내력을 흡수당하면서 동시에 빠른 가
속도로 인해 한쪽으로 피가 쏠린 매화검수들은 하나둘씩 정
신을 놓아 버렸다.

그런 광경을 보면서 다른 매화검수들은 넋을 놓고 무엇을
어찌해야 할지 알 수 없었다. 다들 멍하니 검을 앞으로 빼 들
고 있을 뿐이었다. 자칫 잘못했다가는 형제자매들이 다칠 수
있으니 함부로 움직일 수 없었다.

한 매화검수가 크게 외쳤다.

"어차피 가만히 두면 내력이 모두 빨려 죽을 것이다. 다 같
이 달려들자."

그의 말에 다른 매화검수가 매섭게 말했다.

"자세히 봐라, 사제. 보통 흡기공(吸氣功)에 당하면 육신이
앙상하게 변하는데 다들 정신만 잃었어. 그걸 보면 선천지기
는 흡수하지 못하는 거야. 검을 통해서 흡수를 하다 보니, 그
런 제약이 있는지도 모르지."

"그렇다고 이대로 지켜보자는 것입니까, 사형?"

그 말에는 소청아가 대답했다.

"이, 일단은 포위하고, 선천지기까지 흡수하는 정황이 확인되면 함께 합공하죠."

그녀의 말에 동의한 매화검수들은 회전하고 있는 자색장발을 주변으로 원을 만들어 포위했다. 그들은 눈에 불을 켜고 흡기공에 희생된 매화검수들을 살펴보았는데, 다행히 그들의 육신에는 큰 변화가 없었다.

마지막까지 정신을 놓지 않으려고 안간힘을 썼던 매화검수까지 눈꺼풀을 뒤집자, 회오리가 점차 잦아들었다. 그리고 곧 자색장발이 멈춰 서서 주변을 바라보았는데, 그의 머리카락은 그의 몸을 빙글빙글 가리고도 모자라서 땅에 늘어져 있었다.

"머, 머리카락이 자랐다?"

다들 형제자매를 걱정하는 와중에 한 매화검수는 그 사실을 알아채곤 말했다. 그러자 모든 이들은 그것이 사실인 것을 볼 수 있었다.

무슨 연관이 있을까?

서로 눈짓을 주고받는 중에, 자색장발의 몸에서 수많은 매화검이 스르르 빠져나왔다. 그리고 그와 함께 아무렇게나 널브러져 있던 매화검수들의 손에서도 매화검이 미끄러졌다.

툭. 툭툭.

바닥에 떨궈진 매화검은 이리저리 몇 번 튕기며 그 빛을 잃었다.

소청아가 말했다.

"그나저나 무서운 흡기공이군요. 검을 통해서 기운을 빨아들이다니. 선천지기를 흡수하지 못한다는 제약이 있다 해도 말이죠. 근거리는 좋지 않겠어요. 원거리로 공격하죠."

그러자 한 매화검수가 말했다.

"지하 공동이야. 여기서 검강은 위험해."

"뭐라도 해야죠. 잘못하면 다 죽어요."

"……."

소청아는 주변을 둘러보다가 빠르게 말을 이었다.

"동굴 입구를 봉쇄하죠. 그 전에 우선 부상자를 옮겨야 해요. 가능하다면 녹 사형의 시신도."

"포위를 풀면 가만히 있지 않을 텐데?"

"어쩔 수 없어요. 그가 잡고 있는 자세를 유심히 봐요. 분명 배신자를 지키려고 하는 거예요. 그렇다면 배신자를 이용해 그의 발을 묶어야겠죠."

자색장발은 포위되어 있었지만, 그가 앞을 바라보고 있는 곳에는 정채린과 운정이 있었다. 그리고 그 중간에 있는 매화검수들에게 강렬한 마기를 폭발하고 있었다. 그중 하나였던 소청아는 정면으로 자색장발의 눈빛을 받고 있었는데, 그 때문에 자색장발의 생각을 읽을 수 있었던 것이다.

한 매화검수가 말했다.

"지금 정면 승부를 피하자는 건가? 형제들이 저리되었는데?"

"그럼 달리 무슨 수가 있죠?"

이미 열 명이 넘는 인원이 허무하게 당해 버렸다.

근접전은 원리를 알 수 없는 흡기공 때문에 불가능하다.

모두들 말이 없었다.

소청아는 침묵을 긍정으로 알아듣고는 즉시 경공을 펼쳐 정채린과 운정에게 빠르게 다가갔다. 운정은 태극지혈을 잡아들고 그에게 달려오는 소청아를 향해 말했다.

"소 소저! 더 다가온다면……."

쿵.

운정의 말이 끝나기도 전에 그와 소청아 사이에 자색장발이 섰다. 소청아는 침착하게 매화검을 휘둘러서 검기를 쏘아 보냈다.

검기는 자색장발의 남자를 뚫고 나갔는데, 정확하게 정채린을 향해 있었다.

운정은 얼른 그녀를 안아 들고 옆으로 움직였다.

파— 팍.

벽 뒤에 박혀 들어간 검기에는 진심이 담겨 있었다. 운정은 놀라 소청아를 돌아보았는데, 그녀는 냉정하기 짝이 없는 눈빛으로 정채린을 노려보고 있었다.

죽일 셈이다.

자색장발은 소청아를 향해서 앞으로 달려 나갔다. 소청아는 뒤로 보법을 밟으면서 연속적으로 검기를 쏘았고, 그녀의 옆으로 다른 매화검수들이 따라붙어 심혈을 기울여 검강을 뽑아냈다.

턱—!

한 손을 앞으로 뻗어 날아오는 검강을 잡은 자색장발은 그것을 물끄러미 바라보며 신기하다는 표정을 지었다. 그러곤 그것을 양손으로 들더니 입으로 가져가 씹어 먹기 시작했다.

와그작. 와그작.

"……."

"……."

매화검수들은 그것을 보고서야 전에 회오리 속에서 그가 안우경의 검강 또한 손으로 잡아 먹었다는 기억을 떠올릴 수 있었다.

검강을 쏜 매화검수들이 무릎을 꿇고 탈진 지경에 이르렀다. 짧은 시간 동안 자색장발의 머리카락이 손가락 길이만큼 늘어났다.

다들 넋이 나간 표정을 짓고 있었는데, 그들 중 이계와의 싸움에 경험이 있던 한 매화검수가 큰 소리로 말했다.

"방금 검기는 막지 못했다. 검강이 아니라 검기 다발로 상대해, 교차로!"

그 말에 매화검수들은 이해할 수 없었다. 검강은 잡더니 검기는 잡지 못한다라? 하지만 미지와의 싸움은 이해로 하는 것이 아니라 경험으로 하는 것이다.

그사이, 발 빠른 한 매화검수가 정채린에게 다가왔다. 운정은 이를 악물고 태극지혈을 들었는데, 역시나 태극지혈을 통해 리기만 흡수될 뿐 그의 내공은 돌아오지 않았다.

소청아에게 따라붙던 자색장발은 정채린이 위험에 처했다는 것을 깨닫고는 그 자리에서 도약해서 정채린에게 붙으려고 하는 그 매화검수 앞으로 떨어졌다. 그리고 주먹을 휘두르며 그를 막아섰는데, 그 매화검수는 뒤로 경공을 펼치면서 상대해 주지 않고 검기를 뿌릴 뿐이었다.

몇 번의 헛주먹질을 한 자색장발은 곧 눈에서 마기를 띠며 자신의 머리카락 끝을 들어서 입에 넣었다. 그리고 그것을 천천히 삼키면서 앞으로 쏘아지듯 뛰어들었는데, 전과는 비교도 할 수 없는 속도였다. 매화검수는 갑작스럽게 가속한 그의 공격을 도저히 피할 수 없었다.

"크학."

그 매화검수의 팔이 부러지고 무릎이 완전히 나갈 즈음, 다른 매화검수들이 정채린 쪽으로 검기를 쏘았다. 그러자 자색장발은 주먹질을 즉시 멈추고 정채린을 지키기 위해서 다시 도약해 자리를 잡았다.

푹. 푹.

몸으로 검기를 막아 낸 자색장발은 주춤거렸다. 매화검수들은 그러한 행동을 반복하며 자색장발의 발을 묶었다.

이렇게 몇 번 이어지자, 자색장발은 꾸준히 자신의 머리카락을 먹으며 그들을 상대했다. 그래도 대여섯까지는 큰 부상을 입힐 수 있었는데 머리카락이 어깨까지 짧아지니, 더 이상 머리카락을 먹지 않고 검기를 방어하는 데만 급급했다.

그 와중에 뒤에 있던 매화검수들 중 기절한 자들과 부상한 자들을 등에 메고 밖으로 하나둘씩 날랐다. 그러면서 전음으로 의사소통을 하며 교대로 정채린을 노려 자색장발의 움직임을 노련하게 제어했다.

공동이 저 알아서 흔들릴 정도로 불안정해질 즈음, 소청아와 두 명의 매화검수 총 셋을 제외한 모든 매화검수들이 밖으로 빠져나갔다. 그리고 그 마지막 두 명도 입구 쪽으로 가려 했다. 자색장발은 그들에게 도약하려 했지만, 소청아는 혼심의 힘을 다해서 정채린에게 돌격, 자색장발은 그 둘을 보내줄 수밖에 없었다.

"하악."

가공할 힘에 명치를 맞은 소청아는 굼벵이처럼 몸을 말며

바닥에 쓰러졌다. 매화검을 떨어뜨리곤 입으로 타액을 게워내며 정신을 차리지 못했다. 그리고 딱 그때쯤, 입구에서 폭음이 들렸다.

쿠구구구궁—!

동굴이 몇 차례 강하게 진동하더니, 입구 쪽에서 흙먼지로 된 구름이 동굴 안으로 들어와 자욱하게 풍겼다.

입구가 봉쇄된 것이다.

운정은 소청아에게 다가가 물었다.

"괜찮으십니까?"

소청아는 살기 어린 눈빛으로 운정을 올려다보다가 곧 정신을 잃었다. 자색장발은 입구 쪽으로 모습을 감추더니 곧 다시 돌아와 이내 툭하니 말했다.

"Iq's yaezzodza."

알아들을 수는 없었지만, 무슨 뜻인지는 알 것 같았다. 입구가 완전히 막혔다는 것 외에 달리 무슨 말을 하겠는가?

운정은 소청아의 단전에 손을 올렸다. 그리고 눈을 감고 그 기운을 살폈다. 기혈은 들끓고 있었고, 내부에 출혈이 있는 듯 맥박이 불안정했다. 이대로는 얼마 가지 못할 것으로 생각한 운정은 그녀의 몸을 억지로 일으켜 세워 가부좌를 틀게 만들었다.

그리고 등 뒤로 손을 얹어 태극지혈에게서 받은 리기를 천천히 불어넣었다. 그리고 그 리기를 소청아의 기혈을 통해서 천천히 일주천시키며 상한 기혈을 천천히 뚫어 내었다.

"쿨컥."

소청아가 입에서 죽은피를 뿜어내자, 운정은 다시 그 리기를 몸으로 흡수했다. 본신내력이 달라 기운을 전해 줄 수 없었기에, 이렇게 길을 터주는 것만이 그가 할 수 있는 전부였다.

소청아는 정신을 차렸는지, 눈을 희미하게 뜨고는 운정을 올려다보았다. 운정은 그런 그녀를 내려다보며 말했다.

"녹 소협이 그렇게 된 것은… 린 매가 의도한 것이 아닙니다. 그녀는 녹 소협이 그렇게 된 것을 보곤 놀라 기절했습니다."

소청아의 힘없는 두 눈빛에서 순간 작은 빛이 떠올랐다.

그것은 절대로 꺼지지 않을 분노의 불씨였다.

"그렇든, 그렇지 않든… 녹 사형의 핏값은… 꼭 치르게 만들 거야……."

그렇게 말한 소청아는 고개를 돌려 버렸다. 그리고 눈을 딱하고 감았다. 그것이 온몸에 힘이 없어 아무것도 할 수 없었던 그녀가 그나마 할 수 있는 행동이었다.

"……."

운정은 뭐라고 더 설명하고 싶었지만, 그럴 수 없었다. 그는 눈을 들어 녹준연의 시체를 보았다. 뻥 뚫린 배로 장기들이 흘러내려 추한 꼴을 하고 있었다. 운정은 천천히 그에게 다가가 자신의 외투를 벗어 그를 덮었다.

쿠구궁.

동굴이 또 한 번 흔들렸다.

운정의 행동을 서서 지켜보던 자색장발은 운정에게 툭하니 말했다.

"I lizz naed ir l'togael. Zaa esaeu s'ar l'ta lota ud."

그 남자는 천천히 정채린에게 다가갔다. 운정은 그를 경계하는 눈빛으로 바라보며 먼저 정채린에게 다가가서 그녀를 안아 들었다. 그런 운정을 보며 자색장발이 피식 웃었다.

그러곤 정채린의 앞에 서더니, 서서히 땅으로 흡수되기 시작했다. 아니, 정확하게는 정채린의 그림자로 흡수되었다.

그가 완전히 사라지자 운정은 숨이 탁 놓이는 것 같았다. 그는 답답한 심정으로 입구 쪽을 바라보더니 독백했다.

"소 소저를 희생해서라도 동굴을 무너뜨린 것인가. 아니, 소 소저라면 자원했을 수도 있겠어. 그때 보기론, 녹 소협과 아무런 관계가 아니진 않았을 테니."

그는 기감을 열어 자신의 몸 상태를 천천히 느껴 보았다. 혹시나 하는 희망을 가지고 낱낱이 살펴보았지만, 무궁건곤선공의 기운은 일말의 흔적조차 찾을 수 없었다. 선공으로는 사용할 수 없는 리기만 존재할 뿐이었다.

그는 깊은 한숨을 쉬었다.

"어떻게 된 것인가. 왜 갑자기 선공을 일으킬 수 있었던 것이고, 또 지금은 왜 안 되는 것이지. 선기가 조금도 아니고 전혀 느껴지질 않으니, 말 그대로 꿈이라도 꾸었던 것 같아. 만약 무궁건곤선공을 되찾을 수 있다면, 이 동굴에서 탈출하는 것은 그리 어려운 일이 아닐 텐데."

겉옷을 벗어 녹준연의 시신을 덮은 운정은 선공을 되찾겠노라고 결심하고는 가부좌를 틀고 앉았다. 그리고 눈을 감으려는데 그 순간 소청아가 눈에 밟혔다.

동굴에 남아 자색장발을 막은 그녀는 과연 단순히 희생정신으로 그러한 것일까? 마지막까지 눈에서 살기를 거두지 않은 것을 보면, 녹준연을 죽게 만든 정채린에게 앙금을 품은 것이 분명하다. 그렇다면 이대로 무아지경에 들었다가, 소청아가 먼저 회복되어 깨어난다면? 기절한 정채린을 그대로 둘 것인가?

당장에라도 가부좌를 틀고 앉아 선공을 연구하고 싶은 마음이 굴뚝같았다. 하지만 운정은 하는 수 없이 다시 자리에서 일어났다. 그리고 천천히 정채린에게 다가가 그녀를 안아 들었다.

기절한 그녀의 표정은 다소 편안해 보였다. 운정은 작은 미소를 짓더니 말했다.

"내가 아무리 추한 꼴을 보였어도, 나를 믿어준 것을 압니다. 그러니 당신이 어떤 과거를 가졌다 한들 믿을 겁니다."

운정은 그녀를 꼭 품에 안았다. 그러자 그의 온기를 느낀 정채린의 아미가 몇 차례 흔들리더니, 그녀가 곧 정신을 차렸다.

"여, 여긴?"

운정은 금세 그녀와 시선을 맞추며 말했다.

"아직 그 동굴이야."

정채린은 손을 움직여 얼굴을 쓸어내리면서 눈을 느리게 껌벅껌벅 했다. 그렇게 감기고 열리기를 반복하던 눈꺼풀이 감기던 도중 갑자기 멈췄다. 동시에 그녀의 얼굴을 가렸던 양손도 멈췄다. 얼굴에서 핏기가 가셨다.

정채린은 그 자리에서 벌떡 일어났다.

"녹 사형!"

그녀는 사시나무 떨듯 하는 양손을 가슴에 모으고 주변을 살폈다. 그리고 곧 운정의 겉옷에 덮여 있는 녹준연의 시체를 발견할 수 있었다. 매화검수들이 그것까진 회수하지 못한 것이다.

그녀는 자신의 복부의 고통도 느끼지 못하고 그에게 달려갔다.

털썩.

무릎으로 그의 앞에 주저앉은 그녀는 간질이 온 것처럼 온몸을 부르르 떨었다. 그러면서 양손으로 운정의 겉옷을 향해 뻗었는데, 손의 진동이 너무 심해 몇 차례 잡으려 해도 잡지 못했다.

순간 따뜻한 손이 정채린의 양손에 포개졌다. 어느새 부드럽게 다가온 운정이 그녀의 손을 제지하며 말했다.

"보지 않는 것이 좋을 것 같아."

정채린은 양쪽 눈으로 운정을 똑바로 바라보며 말했다.

"봐야 해요."

"……."

"봐야 해요. 봐야 할 의무가 있어요."

"린 매."

"도와주세요. 도와줘요, 운 랑."

운정은 메마른 침을 삼키며 정채린을 마주 보았지만, 정채린의 눈빛 속에 담긴 굳건한 의지는 흔들림이 없었다. 운정은 고개를 끄덕인 뒤, 그의 손으로 그의 겉옷을 들추었다.

이리저리 뒤섞긴 내장은 끔찍한 꼴을 하고 있었다. 인간의 몸에서 나온 것이라 믿기 힘든 이상한 색의 분비물들도 이곳저곳에 고여 있었다.

운정을 바라보던 정채린의 두 눈동자는 크게 흔들리기 시작했다. 그러나 그 속에 담긴 강인한 의지가 그 두 눈동자를 움직였다. 느리고 또 느렸지만, 흔들리는 두 눈동자는 분명 시선이 내려가고 있었다. 그리고 녹준연의 시신에 다다랐을 때, 그 크기가 더 이상 커질 수 없을 만큼 커졌다.

"읍. 으읍."

정채린은 양손으로 입을 틀어막았다. 얼굴근육이 일그러지며 눈을 닫으려 했다. 하지만 그녀는 눈꺼풀은 기어코 닫지 않고 힘주어 버텼다.

격한 숨을 내쉬며, 속에서 치솟는 것을 참아 낸 그녀는 감정이 서서히 잦아드는 것을 느꼈다. 심호흡을 하던 그녀는 양손을 내리곤 허탈한 심정으로 내렸다.

"나 때문에 죽었어."

"아니, 네가 죽였어."

정채린이 냉혹한 비판이 날아온 곳으로 고개를 돌리자, 그곳에는 겨우 고개를 움직여 시선을 맞추고 있는 소청아가 있었다. 그녀의 눈빛에는 여전히 살기가 가득했지만, 방금 전처럼 불타오르는 종류의 것이 아닌 냉혹하기 짝이 없는 종류의 것이었다.

정채린은 떨리는 목소리로 말했다.

"나, 나도 이렇게 될 줄은 몰랐어. 어찌 된 일인지······."

소청아는 핏발 선 얼굴로 그녀에게 물었다.

"네가 부리는 하수인이 했잖아? 기억 안 나? 네가 이계어로 명령을 내렸잖아? 갈아 마셔도 시원찮을 년."

정채린은 고개를 마구 흔들었다.

"아, 아니야. 나는 그러지 않았어. 나는 단지 나를 구해 준다 해서 풀어 준 것뿐이야. 그뿐이야. 이럴 줄 알았다면, 절대로 녹 사형을 죽이라고 하지 않았을 거야."

"아직도 거짓부렁을 입에 담을 줄은 몰랐어. 하! 정말 대단해. 어떻게 이런 상황이 되서도 자신의 결백을 주장할 수 있지? 어떻게 그럴 수 있는 거야? 정채린!"

정채린은 마른침을 삼키고는 말했다.

"나 때문에 죽었어. 내가 감히 그것을 부정하지 않겠어. 하지만, 그를 죽이려는 의도는 정말로 없었어. 내가 어떻게 그러겠어? 응? 청아야… 내가… 내가 어떻게 그러겠어? 응? 그… 너, 너도 봤잖아."

"이계의 언어로 말했잖아. 뭐라 말했는지 내가 어떻게 알아."

"처, 청아야……."

"미쳤지, 정말 미쳤어. 언니가 진짜 배신을 하다니. 진짜 배신자라니. 장로님은 뭐가 달라도 다르시구나. 아하, 아하하, 하하하."

소청아는 한이 가득한 미소를 지으며 천장을 올려다보았

다. 그러곤 그 속이 텅텅 비어 버린 웃음소리를 연속적으로 내었다.

정채린은 간절한 목소리로 말했다.

"봐, 봤잖아. 이석권 장로가 마법을 쓰는 거. 이석권 장로는 환각을 일으키는 마법을 써. 그, 그래서 아까 한 사제의 시체가 본래는 목인이었는데, 시체로 바뀐 거잖아. 너, 너도 봤잖아. 청아야… 하, 한 사제의 시신을 가서 찾아보면 부, 분명 모, 목인이 있을 거야. 그럴 거야……."

"하하하. 아하하. 아하하."

"처, 청아… 청아야. 어, 언니 말 좀. 말 좀… 흐흑. 흐윽. 흑."

정채린은 메어 오는 목에 말을 더 하지 못했다. 잔뜩 충혈된 그녀의 두 눈에선 끊임없이 눈물이 흘러나왔다. 정채린의 눈은 억울함을 말하고 있었지만, 소청아는 그녀와 눈조차 마주치지 않았다.

운정은 정채린의 등 뒤에서 그녀를 안아 주었다. 정채린은 결국 서러운 울음을 터뜨리며 운정의 품 안에 들어왔다.

"으아앙. 으아앙. 아아앙. 아앙."

얼마나 서럽게 우는지, 소청아조차 결국 어이가 없다는 듯 그녀를 돌아봤다. 그렇게 정채린은 운정의 품에 안긴 채로, 족히 한 식경은 울어 댔다. 운정은 물론이고 소청아도 평생 처음 보는, 어린아이와 같은 모습이었다.

소청아는 도저히 이해할 수 없다는 표정으로 그녀와 운정을 바라보았다. 운정이 등을 토닥이며 진정시키자, 정채린의 울음기가 잦아들었다. 그는 정채린을 두고 작게 웃어 보인 뒤, 소청아를 향해 걸으며 말했다.

"미안하지만, 마혈을 짚을게. 나도, 린 매도, 너가 회복하면 널 견제할 여력이 없어."

소청아는 눈을 딱 감아 버렸다. 운정이 그녀에게 가까이 다가와 그녀의 뒷목으로 손을 뻗자 툭하니 말했다.

"아무것도 이해할 수 없어요, 운정 도사님. 무슨 일이 일어나는지, 뭐가 어떻게 돌아가는지. 전혀 모르겠어."

운정은 마혈을 짚기 전 그녀에게 말했다.

"그건 나도 린 매도 마찬가지야."

"……"

"한 가지 확실한 건, 이석권 장로는 우리를 살려 보내지 않을 거라는 거야. 그에 관한 진실을 알고 있기 때문에, 직접 우리를 죽이려고 움직일 거고 그러니 이르든 늦든 이곳에 나타나겠지. 그땐 기절한 척해. 살인멸구할 가능성이 크지만, 청아가 여기서 살아 나갈 수 있는 방도는 그것 뿐일 거야."

소청아는 꺼림칙한 기분이 들어 인상을 썼다.

"마지막까지 저를 농락할 생각이라면 관두세요. 이런 밀폐

된 곳에 장로님이 어떻게 오신다는 거죠? 우린 이미 다 죽은 목숨이에요."

운정은 희미한 미소로 일관했다.

"진상은 네 스스로 확인하도록 해."

운정은 그렇게 말한 뒤, 몸에 남은 리기로 소청아의 마혈을 짚었다. 소청아는 곧 몸이 굳은 듯 움직일 수 없게 되었다.

운정이 다시금 정채린에게 걸어가자, 그녀는 양손으로 눈가를 훔치면서 눈물자국을 지워내고 있었다. 자신이 그렇게 넋을 놓고 울었다는 사실이 믿기지 않는지 운정을 올려다보았다가, 곧 다시 눈길을 땅으로 돌렸다.

다행히 제정신을 차린 듯했다.

운정이 다 올 때까지 그렇게 몇 번이고 반복한 그녀는 입가를 닦으며 소청아를 흘겨보았다. 소청아는 눈동자만 움직여 그녀를 바라보고 있었다. 정채린은 막 그녀 앞에 가부좌를 틀고 앉은 운정에게 물었다.

"청아는… 어때요?"

"복부의 충격으로 내상을 입었지만, 그런대로 괜찮아. 응급조치를 해서 악화되진 않을 거야."

"그렇군요."

"우리만큼이나 혼란스러운가 봐. 그 누구라도 린 매의 울음이 가식이라고 생각할 순 없으니까."

정채린은 소청아와 눈을 마주쳤다. 그녀는 떨리는 목소리로 말했다.

"처, 청아야. 그, 그니까. 다, 다시 확인해 봐. 다시 근농봉에 가면 내 말이 진실이라는 걸 알 수 있을 거야. 부, 분명히······."

소청아는 눈을 딱 하고 감아 버렸다. 정채린은 다시금 무너져 내릴 듯했고, 운정은 그런 그녀를 안아 들었다.

"린 매."

"······."

"많이 힘들었구나."

"······."

"내가 누굴 위로할 줄 몰라서··· 위로하는 게 변변치 못하지? 미안해."

정채린은 그의 부드러운 목소리에 조금씩 안정을 되찾았다. 그리고 그녀는 천천히 말을 하기 시작했다.

"아니에요. 절 그렇게 따뜻하게 안아 준 사람은 지금까지 아버지밖에 없었어요. 삼 년 전 제 숙부님을 위해 돌아가시고 나서는 아무도 없었죠. 너무나 오랜만이었어요. 그런 따뜻한 품은."

운정은 평온한 미소를 지었고, 정채린도 그를 따라 포근한 미소를 지었다.

운정이 말했다.

"승부를 봐야겠어."

"선공을 다시 되찾아 보려고요?"

"장로가 언제고 찾아올지 몰라. 지금까지 오지 않은 걸 보면 그에게 무슨 문제가 생겼는지 모르지만, 그가 언제고 공간 마법으로 찾아올 수 있다는 걸 생각하면, 한시라도 빨리 방도를 마련해야 해. 이곳에서 탈출해야 하기도 하고."

정채린은 고개를 끄덕이더니 자신의 그림자로 시선을 돌렸다.

"저도… 제 그림자에 숨은 그와 대화를 해 봐야겠어요. 어떻게 된 일인지… 전혀 알 수가 없으니. 어찌 되었든, 그가 큰 힘을 소유한 것은 사실이니까요."

운정도 그녀를 따라서 그녀의 그림자를 보았다.

도대체 그건 무엇이고, 정채린과는 무슨 관계인 것인가?

운정은 일단 궁금증을 접기로 했다.

"그래. 우선은 서로 할 수 있는 모든 걸 하자."

정채린이 갑자기 손을 뻗어 운정의 손을 잡았다. 그의 얼굴에 가까이 다가가더니 작게 말했다.

"살아 나갈 수 있겠죠? 이 억울함을 풀고, 이석권 장로의 손아귀에 떨어진 화산을 구해 내야만 해요."

"물론. 서로 풀어야 할 이야기가 산더미잖아. 꼭 살아 나갈 수 있을 거야."

　정채린은 운정의 손을 꽉 잡더니 고개를 끄덕였다.

　운정은 그런 그녀에게 살포시 입을 맞추고는 곧 운기행공으로 무아지경에 이르렀다. 운정이 눈을 감으면서 마지막으로 본 것은 정채린의 얼굴에 떠오른 어두운 죄책감이었다.

第二十五章

정채린은 운정이 완전한 무아지경에 빠진 것을 보곤, 그에게서 멀어져 한쪽 구석으로 갔다.

구궁.

천장에서 돌 부스러기가 정채린의 머리 위로 떨어졌다. 머리를 털어 낸 그녀는 불안한 눈빛으로 주변을 살피더니 작게 말했다.

"곧 무너질 것 같아. 얼른 방도를 찾아야겠지."

그녀는 자신의 그림자를 물끄러미 바라보았다. 그러다가 문득 어떻게 이 동굴에 그림자가 생길 만한 빛이 있는지 의문이

들었다. 그녀가 보니 벽 이곳저곳에는 횃불이 밝게 타오르며 환한 빛을 내고 있었는데, 그 색은 일반적인 불의 색이 아닌 완전한 백색의 빛이었다.

"쓸데없이……."

그녀는 자신의 머리를 흔든 뒤에 자신의 그림자를 물끄러미 바라보았다. 한동안 그것을 주시한 그녀는 이내 툭하니 말했다.

"Dia'tra……."

그녀는 말을 멈췄다. 그리고 지하 동굴 속에서 메아리치는 자신의 말에 귀를 기울였다. 메아리는 금세 사라졌지만, 그 속에서 기이함을 느껴졌다. 그녀는 다시금 귀를 쫑긋 세우고는 그림자를 보며 말했다.

"Dia't……."

그녀는 메아리를 집중해서 듣다, 말을 다 마치기도 전에 멈췄다. 소스라치게 놀라며 양손으로 자신의 입을 가렸다. 동굴에 울린 그녀의 말은 확실히 그녀가 말한 한어와 전혀 다른 발음을 가지고 있었다.

그녀는 다시금 말을 해 봤다.

"디, 디아트렉스."

그 말이 떨어지기 무섭게 그림자에서 어떤 검은 형태가 불쑥 올라왔다. 그것은 곧 심드렁한 표정을 한 자색장발의 얼굴로 변했다.

자색장발이 정채린을 올려다보면서 말했다.

"왜지? 위기 상황도 아닌데? 가뜩이나 힘을 써서 쉬어야 하는데 무슨 이유로 부른 건가?"

정채린은 멍한 표정으로 그를 보았다.

아무리 들어도 그가 하는 말은 한어로밖에 들리지 않았기 때문이다.

그녀가 말했다.

"지, 지금 우리가 하는 말이 한어 맞습니까?"

자색장발, 아니, 디아트렉스는 더욱 심드렁한 표정을 지으며 말했다.

"아까도 같은 질문을 하더만 그게 중요한가?"

"중요합니다. 제가 갑자기 이계어를 한다는데… 알아야겠습니다."

디아트렉스는 천천히 그림자에서 올라왔다. 그리고 한쪽 무릎을 세우고 그림자 위에 앉았다. 그는 자신의 보랏빛 머리카락을 앞으로 쓰다듬으며 말했다.

"너와 내가 사용하는 언어는 한어이기도 하며 고대어이기도 하다."

"고대어?"

"모든 언어 중 가장 근본이 되는 언어다. 의사소통 그 자체의 화신(化身). 처음 의지가 생겼을 때, 그 의지들이 사용하는 언어이지. 나를 비롯한 내 종족은 그 의지의 후손이라고 할 수 있다. 독립적으론 그 언어를 사용할 수밖에 없지."

"이해가 안 갑니다. 어떻게 그 한어와 당신의 세상의 고대어가 같은 언어입니까?"

"같은 언어가 아니라 같게 된 거야. 적어도 너와 나 사이에서는."

"……."

"이해가 안 가는가 보군."

정채린은 단호한 목소리로 말했다.

"설명해 보십시오."

디아트릭스는 눈썹을 위로 올리더니 자신의 머리카락을 이리저리 만지작거리며 말했다.

"우리 마족은 가장 원초적인 지성체다. 때문에 우리가 사용하는 언어나 생각의 범위는 매우 제한적이어서 제대로 된 지성 활동을 할 수 없어. 이를 위해서 타종족의 지식을 빌리는 것이다. 그로 인해서 우리는 우리의 태생적 한계에서 벗어날 수 있지."

"……."

디아트릭스는 피식 웃더니 말했다.

"예를 들어 보지. 내가 네게 가장 처음 했던 말이 기억나

나? 너와 나의 유대가 처음 형성되었던 그 계약 말이야."

정채린은 그가 하는 말이 무엇인지 정확하게 알 수 있었다. 머릿속에서 너무나 뚜렷하게 떠올랐기 때문이다.

"당신이 했던 말은, '나를 풀어 준다. 그러면 너를 지킨다'였습니다."

디아트렉스는 고개를 크게 끄덕였다.

"맞다. 그로 인해서 너와 나의 의지는 서로 엮이게 되었고, 그로 인해 우리 둘의 유대는 생성되었다. 문제는 그 말은 내가 아직 너와 제대로 된 유대가 생기기 전에 했다는 거야. 그러니 시제(時制)가 엉망이야. 너를 지켜 주겠다라는 식이 아니라 그냥 지킨다라고. 그 차이를 알겠어?"

"그렇다면?"

"너라는 존재가 사라져 그 문장 자체가 모순이 되기까지… 너를 지킨다는 거야. 다시 말하면 평생 네게 붙어서 널 지켜줘야 한다는 뜻이다. 고대어로는 그렇게밖에 말할 수 없고, 그렇게밖에 표현할 수 없어. 이를 가지고 인간들은 계약이다 뭐다 하는데, 사실은 그저 언어에 의해 정의되는 원초적 지성체인 우리 마족이 고대어와 같은 제한적인 언어에 종속되다 보니 생기는 약점 같은 거다. 우리는 실체가 없기에 우리 말 한마디, 한마디에 완전히 정의되어지거든. 순수한 정신체(精神體)라 이 말이야, 알아듣겠어?"

"……."

"와, 속 시원하구만. 진짜 좋아. 이렇게 말을 막 해도 상관없고 말이지. 고대어는 얼마나 오래됐는지, 이런 식으로 예를 들어 설명하는… 뭐랄까, 가상을 표현하는 것도 없어. 내가 너와의 유대감 없이 저 말을 그냥 고대어로 했다가는 바로 소멸될걸? 모순으로 걸리는 게 한두 가지가 아니지."

정채린은 눈초리를 모으고 그의 설명을 이해하려 했다. 거의 대부분 이해할 수 없었지만, 그래도 어느 정도 가닥이 잡혔고 그것을 더욱 확고하게 하기 위해서 질문을 던졌다.

"한어이면서 고대어라는 그 말은 그러니까……."

디아트렉스가 웃으며 말을 잘랐다.

"네 언어 체계를 빌려서 사고에 이용한다는 말이야. 그뿐만 아니라 나는 많은 부분을 너에게 빌려 사용하지. 우리가 쓰는 지금 이 언어는 타인이 듣기에 고대어처럼 들리겠지. 하지만 그것도 순수한 고대어는 아닌 게, 고대어에 없는 단어들과 문법들이 너와 내가 말하는 그 실시간으로 만들어져서 새로운 언어가 되지. 정확하게 말하면 너와 나의 언어인 거야."

"……."

"하지만 그럼에도 다른 고대어와 의사소통은 가능해. 고대어라는 게 원래 그런 것이거든. 의사소통의 가장 날것."

정채린은 고개를 갸웃했다.

"그렇군요. 잘 모르겠지만, 일단은 알겠습니다."

디아트렉스는 기지개를 한번 켜더니 말했다.

"내가 이 세상의 첫 마족인 만큼, 배워야 할 것이 많아. 내가 주저리주저리 네 질문에 설명한 것처럼 너 또한 내 질문에 성심성의껏 대답해 줬으면 한다. 성심성의껏? 성심성의껏? 흠, 좋은 단어야."

정채린은 의외로 수다스러운 디아트렉스를 보며 가장 근본적인 의문이 생겼다.

그녀가 물었다.

"당신은 어떻게 중원에 오게 된 겁니까?"

디아트렉스는 자기 자신을 손가락을 가리키며 눈을 동그랗게 떴다.

"나? 내가 중원에 왔다고? 내가 방금 한 말 못 들었어? 나는 이 세상의 첫 마족. 나는 여기서 태어났어."

"태어났다?"

"마족은 이 세상 저 세상 돌아다닐 수 없어. 말했잖아? 가장 원초적인 지성체라니까. 너희처럼 발전된 형태가 아니야. 존재를 마법으로 어떤 술식에 싸서 보호할 수 있는 종류의 것이 아니라고. 우리는 공간의 틈새 속에 독립적으로 들어가면 그대로 낱낱이 존재가 분해되어 버리지."

정채린은 혹시나 하는 마음에 물었다.

"태어난 때가 언제쯤이었습니까?"

"글쎄. 천천히 부화했으니, 딱 잘라 말하기 어렵지만… 내가 나로 태어나게 된 것은 전에 화산에서 회오리가 일었던 그날이었지. 왜, 너도 그날 있었잖아?"

정채린은 고개를 끄덕였다.

"한 사제, 아니, 그 욘이라는 마법사가 당신을 만든 것으로군요?"

디아트렉스는 눈초리를 모으더니 말했다.

"만들었단 말은 듣기 좀 그래. 나도 지성체인데 만들어졌다니? 태어났다니까 그래?"

정채린은 사과했다.

"죄송합니다."

디아트렉스는 표정을 풀고는 말했다.

"그 마법사에 의해서 태어나게 된 건 사실이지. 나는 그 마법사가 나와 계약이라도 맺어서 나를 부릴 줄 알았거든. 그런데 웃기는 게 뭔지 알아? 그놈은 내 몸을 노렸어."

"예?"

디아트렉스는 자신의 몸을 탕탕 치더니 말했다.

"내 몸을 노렸다니까? 마족의 몸을? 크흐, 정말 웃긴 놈이지, 그놈. 나를 태어나게 한 뒤에 나를 죽이고 내 몸을 차지하려고 한 거야. 요괴 놈이? 글쎄 상상이나 가? 아니, 애초에 그게 가능한 마법이 있는지도 모르겠지만, 가능하더라도 내 몸을 차지하고 무엇을 하려고? 이 몸은 기로 이루어진 몸이야. 물리적인 실체와는 거리가 멀다고. 그런데 이런 몸을 가지고 뭘 하겠다고. 정말 재밌는 놈이지."

"……."

"그놈이 마법을 잘못 썼는지, 난 죽지 않았어, 거의 죽다 만 수준까지 이르렀지. 그런 와중 그놈은 내 육신을 뺏었어. 그래서 혼만 남은 나는 옆에 있던 시체의 몸을 차지했지. 그런데 시체에 남아 있던 사념(死念)이 너무 강한 거야. 이길 수가 없었지. 그래서 그 사념을 따라 네게 간 거야. 그 감옥 말이지."

정채린은 기억할 수 있었다.

"아, 그 대악지옥에서 봤던… 그때 그 한 사제는… 환상이 아니었군요. 맞아요. 그때 당신의 이름을 들어 알고 있었던 거였어."

디아트렉스는 고개를 크게 끄덕이며 말했다.

"너를 보고 나니 그 사념이 사라졌어. 한근농이라는 그 자와 꽤나 깊은 유대가 있었던 것 같은데? 혼이 떠난 시신에 그런 강렬한 의지가 남은 걸 보면 말이야."

"……."

"어찌 됐든 거기서 힘을 잃어 죽을 수밖에 없었던 나는 네 그림자 속에 숨어야 했다. 그때 네게는 마성(魔性)이 있었기에 그것을 타고 들어갔지."

정채린은 그 말을 듣고 깨닫는 바가 있었다.

"그랬군요. 당신은 마족. 마성을 기반으로 살아가는 생물이로군요. 아, 그래서 제 육신 어디에서도 마기를 찾을 수 없었지만, 반마경은 제 속의 마를 보았던 것이고. 제가 품었던 마는 바로 당신이었어요."

디아트렉스는 뺨을 긁적이더니 말했다.

"마(魔)라 하면 뭔가 부정적인 느낌이 나서 싫지만, 이미 그렇게 정의된 것을 어찌할 수는 없는 노릇이네. 다만 마라는 것을 그리 나쁘게 생각하지 마. 마라는 건 의지를 뜻하니까."

"그건 무슨 말입니까?"

디아트렉스가 귀찮다는 듯 반문했다.

"의지가 뭐겠어? 거스름이지."

"거스름?"

"산에서 돌멩이가 떨어지는 것이 자연의 법칙이지. 위에 있는 것은 아래로 떨어진단 말이야. 그것을 거스르고 돌을 쌓아 집을 짓는다? 그게 마(魔)라는 거야. 거스름이잖아?"

"……."

정채린은 입을 벌렸지만, 한마디도 할 수 없었다. 그녀가 평생 생각지도 못한 마의 정의에 그녀는 그녀가 가진 모든 논리가 허망하게 느껴졌다.

디아트렉스는 그런 그녀의 상태에 아랑곳하지 않고, 조금씩 흔들리는 천장을 올려다보더니 말했다.

"곧 무너지겠군. 주변의 횃불에서 기류가 느껴져. 그것을 흡수하면 동굴이 무너져 내린다 해도 널 보호할 수는 있을 것 같다. 내 완력으로 버티고 서서 공간을 만들면 그 아래 있으면 될 거야. 그 이후에는 너를 지킬 수 없게 될지 모르지만. 나는 내 한계 내에서 널 살리기 위해서 노력하면 되는 거니까. 일단은 날 쉬게 해 주었으면 하는데?"

정채린의 아미가 흔들렸다.

"자, 잠깐. 저만 살아서는 안 됩니다. 저들도 지켜 주세요."

디아트렉스는 심드렁한 표정을 지었다.

"내가 왜?"

"예?"

"착각하는 것 같은데, 너는 나를 자유롭게 만들고 나는 너를 지킨다. 그게 우리의 관계야. 저들 모두를 살리는 것이 내가 자유롭게 되는데 어떤 의미가 있지?"

"그, 그런……."

"나는 너만 살리면 돼. 네게 명령을 듣거나 하는 존재가 아니라고. 내가 네 옆에 있는 건 네게 종속됐기 때문이 아니라

오히려 내 쪽의 말인 '널 지킨다'를 수행하기 위해서 있는 거야. 그로 인해서 네게 얻는 지식과 언어로 내가 더 자유로워지기 때문에. 그러니 너는 나에게 그 어떠한 것도 강요할 수 없어. 너를 지키는 것조차 너를 섬기기 때문이 아니라 내 말을 지키기 위해서야."

디아트렉스의 눈빛은 차갑기 그지없었다.

정채린은 알 수 있었다. 그것이 자신의 눈빛임을. 자신의 눈빛을 그가 받아 사용하고 있다는 것을.

그래서인지 그녀는 그 눈빛이 너무나 싫었다.

정채린이 말했다.

"무슨 말인지 알겠어요. 나를 지키기 위해서만 힘을 사용하겠다는 것이로군요."

"그것이 현재 내가 존재하는 이유니까. 더 할 말 없으면 쉬겠다. 그래야 동굴이 무너져도 어떻게든 널 살려 볼 수 있을 테니."

디아트렉스는 그렇게 말한 후, 정채린의 그림자 안으로 서서히 빠져 들어갔다. 정채린은 급히 그를 불러 세웠다.

"저를 지켜야 한다면 제 단전도 치료해 줄 수 있나요?"

디아트렉스는 반쯤 사라진 채로 멈추고는 정채린의 단전을 흘긋 보더니 그녀를 다시 올려다보고 말했다.

"네가 나의 말 '지킨다'를 받아들인 그 의미는, 네가 스스로 이겨 낼 수 없는 강대한 적으로부터 생명을 보존한다는 뜻이었다. 그 이유는 네 지성에겐, 스스로 이겨 낼 수 있을 것 같은 모든 위험에서부터 남에게 지켜지기를 거부하는… 그런 특징이 있기 때문이지."

"……."

정채린이 이해하지 못하자, 디아트렉스가 짤막하게 말했다.

"쉽게 말하면, 널 지킨다의 범주에 네 상처를 치료하겠다는 없다는 것이다."

그의 말을 이해한 정채린이 반문했다.

"동굴이 무너질 땐 절 지킨다고 하지 않았나요?"

"그건 인위적인 것이니까."

"제 단전이 무너진 것도 인위적인 거예요. 타인에게 받은 것이죠."

"……."

"제 말이 틀린가요?"

디아트렉스는 그림자 위로 다시 올라왔다. 그러더니 팔짱을 끼고는 말했다.

"재밌어. 마족을 부리는 솜씨가 아주 천성적으로 타고났어. 그래서 아마 내가 네게 이끌린 것일 수도 있겠어, 크흐흐."

"……."

"상처를 보여 줘 봐."

정채린은 상의를 살짝 들어서 단전을 보여 주었다. 그곳엔 소지가 겨우 비집고 들어갈 만한 작은 구멍이 있었는데, 그 주변의 살색은 창백한 빛을 띠고 있었다.

디아트렉스는 그것을 이리저리 살피더니 말했다.

"인간의 육신은 정교하지. 시간이 걸릴 거야."

"그럼 더 대화나 하죠. 서로에 대해서 좀 더 알아봐요."

디아트렉스는 피식 웃더니 자신의 머리카락을 앞으로 가져 와서는 정채린의 단전 주변에 가져갔다. 그러나 그 머리카락이 착 하고 살 위에 달라붙었다.

그 순간, 정채린은 복부에서 느껴지던 고통이 완전히 사라진 것을 느꼈다.

디아트렉스가 말했다.

"나는 순수한 기류를 전해 줄 뿐이다. 네 육신이 그것을 받아 모든 것을 재생할지 아니면 일부분만 재생할지는 모르지."

정채린이 그 광경을 내려다보며 말했다.

"속으로 계속해서 옥녀심공을 운용하여 기류를 이끌고 있으니, 단전이 회복되는 방향으로 새살이 돋을 겁니다."

디아트렉스는 고개를 몇 번이고 끄덕이며 말했다.

"그래… 세포 하나하나에서 강력하고 또 통일된 의지가 느껴져. 그것들이 회복되고자 하는 그 방향… 그 길… 그것이 느껴져. 대단해. 이것이 중원의 내공심법인가? 세포 하나하나에 통일된 의지를 전달하여 합력작용(合力作用)과 협력작용(協力作用)의 차이를 극대화시키는군. 과연 전체(全體)는 그 부분(部分)의 총합(總合)보다 크도다! 이 신비(神祕)가 지성(知性)의 근본(根本)이지!"

정채린은 그가 하는 말을 마음에 담아 두지 않으려 했다. 하지만 이상하게도 마음이 쏠렸다. 중원을 모르는 그가 이해하는 내공심법이란 무엇일까?

그녀는 단전이 서서히 회복되는 것을 느꼈다. 단전 주변의 세포 하나하나가 분열하고 합쳐지며 그녀가 머리로 그리는 그 혈맥을 재생하고 있었다.

이는 마치 잘라 버린 팔이 재생하는 것과 같은 이치로, 정공으로는 불가능한 것이었다.

단순한 기술의 차이가 아니다. 디아트렉스의 머리카락에서 전해지는 순수한 기. 그것은 중원의 기학으로는 절대 이 세상에 존재하지도, 할 수도 없는 것이기 때문이다.

정채린이 그를 보며 말했다.

"당신은 중원에서 처음 태어났다고 하지 않았습니까?"

"그랬지."

"물론 사람과는 다르겠지만, 사람의 경우 태어나면 완전히 무지(無智)합니다. 마족은 그렇지 않은가 보군요."

디아트렉스는 정채린을 마주 보더니 시익 웃었다.

"그랬다면 애초부터 이름이 있을 리가 없지. 인간처럼 부모가 지어 줬어야 할 테니까."

"……."

"우린 본능적으로 고대어를 하기에, 기본적으로 주어지는 지식이 있어. 우리의 이름 또한 스스로 깨닫게 되지. 인간이 인간 스스로에 대해서 다 이해하지 못하는 것처럼, 우리도 우리에 대해서 다 이해하지 못해. 다 이해한다면, 피조물이 아니겠지. 이해하지 못한다는 것이 우리가 피조물이란 증거 아니겠어?"

"그렇군요."

"학습! 학습! 학습! 학습이 곧 사는 것이며 지성의 존재 이유지! 이 세상의 모든 것을 탐하는 지성이 가장 마지막에 학습해야 할 대상은 바로 자기 자신이지! 자기 자신을 온전히 이해했다면 더 이상 학습할 것도 남아 있지 않아. 그러면 목적이 없지. 그러니 지성은 자기 자신에 대해서 이해하지 못하는 게 논리적이야. 존재 이유가 없어지잖아? 안 그래?"

"……."

"크흐흐. 번식으로 연명하는 인간이 이해하긴 어렵나 보군. 뭐, 그럴 수 있어."

정채린은 더 이상 그에 대해서 뭔가 알아본다는 것이 어렵다는 생각이 들었다. 조금 인간적인 대화를 하려고 하면 자꾸만 주제가 이상하게 새는 것이, 정말 이질적인 존재가 아닐 수 없었다.

그녀가 말을 하지 않자, 디아트렉스가 그녀의 단전을 이리저리 보더니 심드렁한 표정을 지었다. 그러곤 머리카락의 중간 부분을 입으로 물고는 잘근잘근 씹어 끊어뜨렸다.

"무, 무슨?"

정채린이 놀라자, 디아트렉스는 그림자 안으로 사라지며 말했다.

"더 소통하지 않겠다면 나도 쉬는 게 나으니까. 머리카락을 준 탓에 힘이 사라져서, 동굴이 무너져 내리면 널 지킬 수 없어. 그건 알아 둬."

"어차피 홀로 살아남는 것이라면, 더 이상 의미가 없습니다."

"그렇군. 이해가 안 가지만 그렇다면 그런 거겠지."

디아트렉스는 완전히 모습을 감추었다.

정채린은 좀 더 집중하기 위해 가부좌를 틀고 앉았다. 머릿속으로 옥녀신공을 떠올렸다.

본래 내공심법은 단전에 쌓아 둔 내력을 기혈을 통해서 일주천을 하는 것인데, 단전이 존재하지 않으니 내력도 없었다.

하지만 그녀는 그것이 있다고 상상하며 일주천을 시도했다.

당연하지만 처음에는 아무것도 느껴지지 않았다. 그리고 두 번째 했을 때도 아무것도 느껴지지 않았다.

하지만 세 번째부터는 뭔가 달랐다. 좁쌀만큼 작은 내력이지만, 분명 무언가 움직이는 것이 있었다.

그녀는 들뜨는 마음을 가다듬고 계속해서 또 계속해서 일주천을 시도했다.

옥녀신공을 어린 시절부터 단 하루도 쉬지 않고 익혀 왔다. 그녀는 마치 팔과 다리를 움직이는 것처럼 자연스레 옥녀심공의 일주천을 해내고 또 해내었다.

몇 번이나 했을까? 그녀는 단전을 가득 채운 내력을 느낄 수 있었다. 그녀는 손을 단전에 가져가 만져 보았다. 그곳엔 도려낸 자국이 전혀 없었다.

그녀가 눈을 뜨고 단전을 살펴보았다. 단전은 진한 보랏빛을 띠고 있었다. 하지만 색을 제외하면 모든 부분에서 전과 다를 것이 없었다.

그녀는 디아트렉스가 준 머리카락이 그녀의 살로 변했다는 걸 알 수 있었다.

"이런 일이 가능하다니… 이계의 힘은 정말 놀랍구나."

정채린은 이계의 힘을 과소평가하지 말라고 신신당부한 그녀의 숙부, 나지오의 말을 상기했다. 그는 마법이 무공보다 더욱 뛰어난 것일 수도 있다고 말하며, 그것을 이해하고 준비하는 것이 살 길이라 했다.

그렇다면 화산의 무학과 이계의 마법을 융합하려는 이석권의 시도도 크게 다르다 할 수 있을까?

정채린은 머리를 마구 흔들었다. 수없이 많은 형제자매와 장로들 그리고 제자를 죽음으로 몰아세운 그가 용서받을 수는 없다. 아무리 그가 의도하지 않았더라도, 마법을 탐하는 그 욕심으로 비롯된 일이니 말이다.

그렇다면 의도치 않게 녹준연을 죽인 자기 자신은 그와 크게 다르다 할 수 있을까? 적어도 그 일은 대의(大意)를 위하다 실수한 것이다.

"하아… 하아… 하아…….."

그녀는 양 주먹을 꽉 쥐었다. 마음속에서부터 치솟는 감정을 억누르기 위해서 안간힘을 썼다.

그녀는 생각하기를 멈추고 싶었다. 하지만 그렇게 하면 할수록 생각은 걷잡을 수 없을 만큼 깊어졌다.

탁.

누군가 땅에 착지하는 소리.

정채린은 고개를 돌려 그곳을 보았다.

그곳에는 두 쌍의 연보랏빛 눈동자를 하고 있는 이석권이 있었다.

말끔한 차림을 한 그는 왼손에는 태극지혈을 들고 있었고, 오른손에는 화산파 장문인만이 소유할 수 있는 매향검을 들고 있었다. 또한 그의 열 손가락에는 각양각색의 반지들이 빛을 내고 있었다.

정채린이 큰 소리로 외쳤다.

"매향검! 장문인도 아닌 당신이 들고 있을 만한 것이 아닙니다!"

이석권은 한 눈에 두 눈동자를 가진 그 괴기한 보랏빛 눈으로 그녀를 바라보더니 말했다.

"태극지혈을 상대해야 하니 보통의 매화검으로는 어렵지. 그래서 부득이하게 가져온 것이다. 나 또한 장문인의 것을 탐할 생각이 없다."

완벽한 한어를 말하는 것을 보니, 온에게 완전히 침식당한 것 같진 않았다. 하지만 두 쌍의 보랏빛 눈동자는 그가 단순히 이석권 장로가 아님을 시사하고 있었다.

정채린은 자리에서 벌떡 일어났다. 아쉽게도 검이 없어, 십이옥수공(十二玉手功)의 자세를 잡으며 그를 향해 두 손날을 세웠다.

"결국 우리를 죽이기 위해서 오셨군요."

그녀의 말대로 이석권은 자신의 살기를 조금도 숨기지 않았다. 그는 동굴에 있는 정채린과 운정뿐만 아니라, 소청아를 향해서도 살기를 내뿜고 있었다.

그의 눈길이 잠시 운정에게로 향했다. 운정은 고요하게 가부좌를 틀고 앉아 있을 뿐이었다. 이석권은 그런 그에게서 시선을 돌려 정채린을 훑어보더니 말했다.

"그새 단전을 회복했군. 어찌 회복한 것이냐? 무공으로는 절세영약이 아니고서야 절대로 불가능할 텐데. 역시 운정 도사는 마법을 익히고 있었군. 단전을 회복시키는 수준의 마법을 시전하고 탈진하여 운기행공을 하는 것인가? 내가 온 줄도 모를 정도로 깊이 집중하고 있는 걸 보면 상당한 부담이었겠어."

그녀는 차가운 목소리로 대답했다.

"생사혈전을 앞에 두고 무슨 의미가 있겠습니까. 제가 장로님을 이길 순 없겠지만, 호락호락 당하지도 않을 겁니다."

이석권은 가소롭다는 듯이 웃었다.

"지금 나는 매향검이 있고 마법사의 영혼과 월지까지 있다. 무공도 마법도 방금 전과는 비교도 할 수 없을 것이다. 벌레 같은 네년은 한순간에 죽일 수 있지. 그러나 네년의 미모가 아까우니. 당분간 나를 섬기게 만들어 주마."

그는 태극지혈을 앞으로 뻗었고 그 왼손 소지의 반지가 강렬한 회색빛이 났다.

그 순간 태극지혈이 그의 왼손에서 미끄러졌다.

　　　　　*　　　　　　*　　　　　　*

　운정은 무궁건곤선공을 운용했다. 그의 기혈에는 오로지 리기뿐이었지만, 그는 그것을 심장에 몰아넣고 텅텅 비어 버린 단전에 집중했다.

　그곳엔 오로니 무(無)만 존재했다.

　태허(太虛).

　그것은 무당에서 말하는 태극(太極)의 다른 말로 태허의 공부는 곤륜에서 집중적으로 다룬다.

　모든 것의 근본이라 할 수 있는 태극은 무언가 존재한다는 것의 극치인 데 반해, 태허는 무언가 존재하지 않는다는 것의 극치라 할 수 있었다.

　본래 태허 혹은 태극은 음과 양으로 나뉘어졌지만, 인간의 몸인 소우주에서 인간의 의지로 그 둘을 다시금 합쳐 재구성할 수 있다.

　그리고 그것을 통해서 음과 양을 자유로이 다루는 것인데, 유(有)에 해당하는 태극과 무(無)에 해당하는 태허, 완전히 다른 이 두 단어가 어찌 같은 것을 말할 수 있는가?

　운정은 텅텅 비어 버린 단전을 자세히 들여다보았다. 그 어떠한 것도 존재할 수 없는 그곳에 과연 무엇이 존재할 수 있단 말인가? 아무것도 찾을 수 없었던 끝까지 포기하지 않고 감각의 본능에 온 정신을 맡겼다.

운정은 과거 낙선향에서 스승님의 도움과 술법으로 인해 아무런 소리도 나지 않는 곳에서 눈을 감고 소리에 집중해 본 적이 있었다.

귓가에 아무런 소리가 들리지 않자, 귀는 점점 더 예민해져만 갔고, 결국 자신의 맥박과 혈관 안에 피가 흐르는 소리를 들릴 때쯤 그의 감각은 멈추어 섰다.

그는 그때 느꼈다. 감각은 본능적으로 유(有)를 찾는다는 것을. 소리가 있다면 귀는 그 소리에 적응한다. 하지만 아무런 소리도 없다면, 감각은 점점 민감해지며 소리를 찾아간다. 그리고 결국 어떤 소리라도 찾을 때까지 끝없이 예민해지는 것이다.

운정의 기감도 그것과 마찬가지로 한없이 민감해지기 시작했다. 기감이란 원래부터 육신으로 하는 것이 아니기에, 그 한계가 없어 예민함의 정도가 오감보다 아득한 수준을 가뿐히 초월했다.

더 이상 기라고 부를 수도 없는 작은 것까지도 느낄 수 있을 정도로 그의 기감이 예민해졌다. 그러나 아무리 예민해져도 그의 기감은 단전에서 아무것도 느끼지 못했다.

이것은 불가능한 것이다. 기라는 것은 세상 어느 곳에도 존재하는 것이다. 전혀 없다는 건 어디까지나 상대적인 표현일 뿐 절대로 완전한 무일 수는 없다.

운정은 점차 두려워졌다. 이제는 우주의 본질까지도 느낄 수 있을 만큼 기감이 확장된 상태였다.

이렇게까지 예민해졌는데도 아무것도 느껴지지 않는다는 것은 그가 아는 기에 관한 지식으로는 도저히 설명할 수 없는 것이다. 대체 무슨 조화로 이러한 일이 일어난 것일까?

두려움은 곧 호기심으로 바뀌었다. 대체 무엇이 도사리고 있을까?

그는 작게 흥분하며 용기를 냈다. 그리고 더욱더 예민해지려는 감각의 본능을 막지 않고, 초미세의 세계에 자기 자신을 던졌다.

그곳엔 진동(振動)이 있었다.

유와 무로 이루어진 진동.

시간과 공간으로 이루어진 진동.

태극과 태허의 진동.

운정은 그곳에 도사리고 있는 거대한 무(無)를 보았다.

이 두 개의 무(無)는 서로 얽히고설켜 있었는데, 마치 음과 양이 조화를 이루는 것과 같았다.

그 두 개의 무는 자신들을 바라보는 운정을 올려다보았다. 그리고 그 즉시 운정은 그것들이 무엇인지 알 수 있었다. 그

가 너무나도 친숙한 두 기운, 건기와 곤기의 정반대의 기운이
었다.

"건기와 곤기의 반(反). 반건(反乾)과 반곤(反坤)이라 할 수 있
겠구나."

운정의 말에 그들 중 반건이 말했다.

"설마 인간이 정령계(精靈界)까지 내려올 줄이야."

반곤이 말했다.

"도저히 섞일 수 없는 우리 둘을 얽은 분이니, 놀랍지도 않
지."

운정은 그들에게 말했다.

"이름은?"

반건이 말했다.

"실프(Sylph)."

반곤이 말했다.

"노움(Gnome)."

운정이 말했다.

"왜 너희는 내 속에 숨어 나의 건기와 곤기를 가져가는 것
이지? 어떻게라도 만들려고 하는데, 만드는 족족 너희가 가져
가니 단전이 텅텅 비어 버리잖아."

실프와 노움이 서로를 돌아봤다.

실프는 재밌다는 듯 반쯤 웃으며 말했다.

"에어(Aer)와 테라(Terra)를 가져가 썼으니, 우리도 돌려받아야지."

노움은 굳은 표정으로 딱딱하게 말했다.

"주고받지 않으면, 코스모스(Cosmos)에 어긋나."

운정이 이해하지 못했다는 듯 그들을 보다가 이내 물었다.

"내가 가져가 썼다? 그럼 내가 선기를 되찾았던 건 너희들이 준 것이니?"

실프가 고개를 마구 끄덕이며 말했다.

"우리가 줬지."

"왜? 왜 그렇게 한 것이지?"

노움이 말했다.

"우리는 그릇이니까."

운정이 고개를 갸웃하자, 실프가 양쪽으로 팔을 펼치며 말했다.

"우리는 그릇이야. 카오스를 담는 그릇. 주변에 느껴지는 카오스를 봐. 이 카오스는 제멋대로 진동하는 것처럼 보이지만, 그 총합은 코스모스에 어긋날 수 없어. 우리는 그런 막대한 카오스를 담는 그릇. 다시 말하면……."

노움이 말했다.

"의지!"

운정이 물었다.

"의지?"

실프가 방긋 웃더니 말했다.

"미래를 위해 잠깐을 참는 코스모스! 아아! 그 성숙함이여! 그 코스모스의 유지를 이어받아 카오스의 지경을 넓히는 의지. 그것이 우리."

노움이 이어 말했다.

"이 작디작은 시공간에 갇혀 진동하는 카오스! 아아! 그 원통함이여! 그 카오스의 유지를 이어받아 코스모스의 자비를 호소하는 의지. 그것이 우리."

그들은 곧 운정을 돌아보더니 한목소리로 말했다.

"힘을 줄까?"

운정은 고개를 끄덕였다.

그들이 다시 말했다.

"갚아야 해!"

운정이 다시 고개를 끄덕였다.

실프가 말했다.

"시공을 초월한 카오스의 반항을 허락하신 코스모스에게 무한한 영광을!"

노움이 말했다.

"시공을 초월한 코스모스의 법칙에 충성하신 카오스에게 무한한 영광을!"

실프와 노움은 몸을 웅크려 서로에게 더욱 얽혔다.

그들은 그 무 가운데서 더욱더 몸집을 키웠고. 그와 함께 운정의 기감에는 순수하기 짝이 없는 건기와 곤기가 느껴졌다.

기감은 급히 둔감해지기 시작했다. 그 두 기가 너무나 거대했기 때문이다.

이런 예민함으로 그 거대한 기를 느끼고 있다가는 정신이 파괴되고도 모자를 지경이다. 혹시라도 그 감각의 본능에 상처를 입어 둔감함과 예민함을 조절할 수 있는 기능을 잃는다면, 자폐증이 오거나 둔재가 될 것이다.

운정의 기감은 운정의 오성이 허락하는 가장 빠른 속도로 둔감해지고 있었다. 그럼에도 그의 단전에 차오르는 순수한 건기와 감기를 느끼기엔 너무나 예민했다. 운정은 끝없이 속으로 태극건곤심공을 읊으면서 그 감각적 고통을 감내했다. 그의 영혼이 비명을 지르며 사라지기 일보 직전까지 내몰렸다.

그때였다, 리기가 나타난 것은.

그의 심장에 가두어져 있던 리기가 조금씩 기혈에 들어오더니 그의 단전에 흩뿌려지기 시작했다.

순수하기 짝이 없는 건기과 곤기의 입장에 그 리기는 단순한 탁기에 불가했다. 그러니 건기와 곤기는 그 탁기와 맞서 싸워 자신의 순수함을 지키려 했고, 그 덕에 운정의 정신은 겨우 보전될 수 있었다.

운정은 눈을 떴다.

눈에 보이는 것은 태극지혈을 앞으로 뻗는 이석권.

운정은 오른손의 두 손가락을 펼쳐 위로 세웠다. 그의 팔목에 바람의 팔찌가 만들어졌다. 그 순간 태극지혈과 이석권의 손아귀 사이에 바람이 흘러들어 가, 그 검을 놓치게 만들었다.

"아니!"

이석권은 믿을 수 없다는 듯 자신의 왼손을 보다가, 곧 한쪽에서 불어 닥치는 바람에 고개를 돌렸다.

그 폭풍과도 같은 바람 속에서 운정이 튀어나오더니, 이석권의 왼손을 잡아 한 바퀴 꺾었다.

빙글.

손목이 꺾일 뻔한 이석권은 그대로 뛰어서 운정이 꺾는 그 방향으로 전신을 돌렸다.

공중에서 부드럽게 한 바퀴를 돌고 착지한 그는 안면으로 불쑥 들어오는 운정의 발바닥을 보고는 고개를 옆으로 돌려 피해 냈다.

피슷.

발끝이 이석권의 볼을 스쳐 지나가, 길고 진한 혈선을 만들었다.

이석권은 오른손에 든 매화검을 잡아당기듯 칼머리로 운정의 무릎을 내려찍었다.

쿵—!

마치 천년석(千年石)을 내리친 것 같은 묵직함이 느껴졌다. 그와 동시에 찌릿한 고통이 손바닥에서 전해졌다. 전혀 피해를 주지 못한 것이다.

그때쯤 운정의 검지와 중지가 이석권의 옆구리에 닿았다.

파— 앙!

공기가 찢어지는 소리가 들리며 이석권의 몸이 붕 떴다 동굴 한쪽의 벽면에 부딪쳤다. 쿵 하는 소리와 함께 동굴 전체가 울리더니 천장에서 돌무더기가 이곳저곳에 떨어졌다.

이석권은 얼굴을 한 번 찡그리더니, 자세를 잡고 몸을 폈다. 운정은 어느새 다가갔는지 정채린 옆에서 그녀에게 뭐라고 속삭이고 있었다.

이석권은 운정이 오른손으로 태극지혈을 든 것을 보곤, 설마하는 생각에 자신의 왼손을 내려다보았다. 그곳에는 다섯 빛깔을 내고 있는 반지만이 있었다.

그 짧은 순간에 태극지혈을 빼앗긴 것이다.

정채린과 짧은 대화를 마친 운정은 허리춤에서 카이랄이 준 륜검을 꺼냈다. 무기로 써 보기 위해서 이리저리 몇 번 휘둘러 본 그는 그것이 중원의 그것과는 너무나도 다르다는 것을 깨달았다.

그는 호기심에 그 류검에 내력을 불어 넣고 검기를 앞으로 살짝 쏘아 보았다. 그러자 그 검기는 류검의 곡률을 타고 휘어졌는데, 얼마나 심한지 일 장도 못 나가서 다시 역으로 운정에게 날아들었다.

운정은 슬쩍 그것을 피했다. 대단히 흥미로운 무기였지만, 검기로 싸움을 하는 중원의 무공을 잘 활용할 수는 없을 것 같았다. 그는 그 류검을 허리에 메고는 고개를 돌려 이석권에게 말했다.

"태극지혈을 빼앗기셨으니, 마법은 사용하지 못하실 겁니다."

이석권의 네 눈동자는 잠시 운정의 류검을 향했지만, 곧 운정에 얼굴에 초점이 모아졌다. 그가 입꼬리를 올렸다.

"재밌군. 내가 태극지혈로 마법을 펼치는 것을 알고 그것을 먼저 노렸어. 문파가 멸문하는지도 모를 정도로 산속에서 틀어박혀 무공만 익힌 도사치곤 괜찮은 전략이야."

운정은 태극지혈을 앞으로 세웠다. 그를 통해서 리기가 서서히 흘러들어 오기 시작했는데, 그는 그것을 단전이 아닌 심장으로 돌렸다.

그가 말했다.

"한 가지 묻고자 합니다. 당신은 이석권 장로가 맞습니까?"

이석권이 반문했다.

"그게 그리 중요한가?"

"중요합니다. 왜 린 매에게 해코지를 했는지 그 대답을 들어야 하는데, 이석권 장로가 죽었다면, 이 대답을 들을 수 없기 때문입니다."

"……."

"이석권 장로입니까?"

이석권은 미소를 그대로 유지했지만 그의 입가는 파르르 떨렸다.

"그 무당파 특유의 광오함은 그대로구나. 그것 때문에 무당파가 멸문했다는 것을 모르느냐? 아니 알 턱이 없겠지. 그때도 가만히 무공이나 수련하고 있었을 테니. 한번 말해 봐라. 정말 무당파가 멸문했는지 몰랐느냐? 아니면 두려워서 산속에 네 사부와 틀어박혀 있던 것이냐?"

운정은 고개를 한번 젓더니 말했다.

"나를 도발하는 까닭은 내가 선공하기를 바라기 때문입니다. 특히 제 사부까지 언급한 것을 보면, 제가 이성을 잃고 또다시 방금과 같은 보법으로 다가가 접근전을 펼치기를 바라는 것일 겁니다. 그렇다면 이를 역으로 이용하려는 계획이로군요. 만약 화산의 수법이라면, 린 매가 이미 눈치채고 내게 알려 주었을 테니 화산의 수법이 아닙니다. 태극지혈을 빼앗겨 마법을 사용할 수 없으니, 남은 건 열 손가락에 착용하신 월지뿐이로군요."

"……"

"하지만 속아 드리겠습니다. 어차피 월지 또한 빼내야 하니."

운정은 무당파의 최고경공인 제운종(梯雲縱)을 펼쳐 그에게 다가갔다. 이를 본 이석권의 얼굴이 잔뜩 구겨졌다. 보법이 아닌 경공은, 싸움이 아니라 달리기에 최적화된 것이다. 이를 펼쳐 다가가겠다는 것은 얼마든지 반격당하더라도 우선 속도를 내겠다는 뜻이 되지만, 어찌 보면 그만큼 상대방을 경시하는 것이다.

이석권은 앞에서 날아오는 운정을 향해 투박한 검기를 쏘았다. 운정은 그것을 보곤 옆으로 스리슬쩍 피해 내면서, 태극지혈을 휘둘러 유풍살을 쏘며 달려들었다.

유풍살이 이석권의 얼굴에 직격하기 직전, 이석권의 오른손 엄지에서 백색 빛이 뿜어졌다. 그리고 그 빛에 닿은 운정의 검기는 작은 불꽃으로 변하며 소멸해 버렸다.

이석권은 즉시 매향검을 들고 횡으로 베었다. 그것은 화산에서 기본검법 중 하나인 매화삼검(梅花三劍)으로, 옆으로 베고 아래로 베고 중앙을 찌르는 단순한 것과 동시에 그만큼 속도로는 따라올 수 없는 속검(速劍)이었다. 초절정에 이르는 이석권의 매화삼검은 소리를 남기고 갈 정도의 속도를 보여 주는데, 문제는 단순한 만큼 예상하기 쉽다는 것이다.

이석권의 생각에, 운정은 그가 당연히 유풍살을 피하리라 예상했을 것이라 봤다. 그러니 운정은 오른쪽이든 왼쪽이든 움직일 것이고, 그렇다면 어디로 움직여도 상관없는 횡으로 베어 버리는 것이 최선의 수이다.

이석권은 지금 상황만큼은 상급의 검공이 아닌 단순한 것이 가장 치명적으로 작용한다는 것을 알았고, 시행했다. 그런 판단이 그를 초절정으로 있게 하는 것이다.

하지만 이석권의 칼날은 허무하게 지나가 버렸다. 운정은 몸이 푹 꺼진 채로, 이석권 바로 아래 있었기 때문이다. 이석권이 이렇다 할 방어 동작을 취하기도 전에, 운정은 이석권의 복부를 주먹으로 찔렀다. 그러자 이석권의 두 눈은 뒤로 넘어갔고, 그의 몸은 팔다리를 앞으로 내놓고 그대로 굳었다.

운정은 그의 손에서 매향검을 잡아 뺏더니 이리저리 보고는 감상평을 내놓았다.

"좋은 검입니다. 명검은 그 검에서 뿜어진 검기로 검강을 자를 수 있다는 이야기가 있는데, 매향검이 딱 그런 기준이로군요. 이런 예기로 만들어진 검기라면, 사용하는 이가 투박한 검공을 쓴다 해도 자연히 날카로워질 것이고, 원래 세밀하게 검기를 사용하는 이가 쓴다면 내력의 소모가 훨씬 적어지고 위력 또한 상승할 것입니다."

"으, 으윽, 으윽."

이석권의 목에서 핏줄이 튀어나왔다. 그는 안간힘을 쓰며 몸을 움직이려 했지만, 단전에서부터 시작된 고통이 그의 신경을 온통 뒤흔들어 눈꺼풀조차 제대로 감을 수 없었다.

운정은 그 검을 땅에 꽂아 넣더니, 이석권의 오른손을 보았다. 그곳에는 다섯 빛깔의 반지들이 있었는데, 그는 천천히 소지에서부터 빼내면서 말했다.

"검기를 피하지 않고 막는다면, 반탄지기 혹은 반탄지기를 기반으로 한 무공뿐입니다. 하지만 장로님은 어떠한 기운도 일으키지 않으셨습니다. 저는 마법사들이 눈빛으로 검기를 소멸시키는 그 기술을 쓸 줄 알았습니다만, 월지를 사용해서 검기를 소멸시킬 줄은 몰랐습니다. 조금 실망입니다만……."

"으힉, 힉, 이… 이 자… 자식……."

운정은 다섯 개의 반지를 모두 내려다보더니 곧 자신의 품속에 넣었다. 그리고 이번에는 이석권의 왼손을 들더니 역시 소지에서부터 반지를 천천히 빼내었다.

"아무튼 검기를 소멸시켰으니, 그 뒤로 따라 들어오는 제가 양옆 어디론가로 움직이리라 생각하셨겠죠. 그렇게 예상하셨기에 횡으로 속검을 내지른 것이 아닌가 합니다. 하지만 속검도 그리 좋은 생각이 아닌 게, 어찌 됐든 왼쪽에서 오른쪽 혹은 오른쪽에서 왼쪽으로 휘둘러야 하는 것 아니겠습니까? 그렇다면 왼쪽과 오른쪽의 시간 차가 나서 충분히 피할 수 있게 됩니다."

"으흑, 이, 입을, 입을 다물……."

"그러니 가장 좋은 대처법은 정면 찌르기 후, 상대가 피하는 방향으로 공세를 이어가면서 자연스럽게 선수를 잡는 것이라고 할 수 있습니다. 정면을 찌르는 동작에서부터 이어질 수 있는 검공은 허다하니, 어떤 방향을 상대가 피하든 그에 알맞게 펼치면 되지 않습니까? 흐음, 이건 이상한데. 잘 안 빠지는 게 아니라 아예 손가락에 붙어 버렸군요?"

검지까지 반지를 모두 빼낸 운정은 이석권의 엄지에 끼어 있는 마지막 반지를 다시금 잡았다. 그것만큼은 이상하리만큼 빠지지 않았다. 이번에는 내력을 실어 잡아당겼는데, 반지의 붉은 빛이 강렬해지면서 운정의 힘을 거부했다.

이석권은 피가 뚝뚝 떨어질 정도로 충혈된 눈으로 운정을 노려보았다. 네 개의 연보랏빛 눈동자가 괴기하게 빛났다. 운정은 잠시 턱을 잡고 고민하더니, 이석권에게 말했다.

"이제 몸을 움직이실 수 있는 것 같은데, 스스로 빼 주시면 안 되겠습니까? 제가 손가락을 잘라 버리면 장로님의 무공에도 영향이 가니, 그렇게 하고 싶진 않습니다."

이석권은 몸을 부들부들 떨더니, 곧 왼 손가락을 엄지만 빼

놓고 모두 접었다. 그러자 엄지의 반지에서 붉은 빛이 강렬해
졌다.

촤라락—!

운정의 손과 품에서 아홉 개의 반지가 갑자기 튀어나오더
니 이석권의 아홉 손가락에 절로 들어갔다. 마지막 반지를 빼
낸 것이 아니라 도리어 다른 아홉 반지를 불러들인 것이다.
운정은 그 즉시 무당파의 무공인 십팔금나수(十八擒拿手)를 펼
쳐 이석권의 팔목을 잡아 꺾었다.

십팔금나수는 근골을 상하게 하지 않고 부드럽게 탈골을
시키는데, 뒤틀린 기혈로는 힘과 내력을 불어 넣을 수 없는 것
을 이용한 제압기였다. 이후 후유증도 없이 뼈만 맞추면 원상
복귀되지만, 그때까진 그 부분을 통한 어떠한 무공도 펼칠 수
없다.

다만 마법에 영향을 끼치지 못하리라고는 운정도 미처 생
각하지 못했다.

이석권은 오른손 중지와 왼손 약지를 펼치며 말했다.

[파워—워드 킬(Power—word kill)].

이석권이 기습적으로 영창하자, 그의 얼굴이 순식간에 핼
쑥해졌다. 그리고 그와 동시에 각각의 반지에서 주황빛과 검
은빛이 일어났는데, 주황빛은 이석권에게 검은빛은 운정에게
쏟아졌다.

"……."

"……."

그 둘은 말없이 서로를 쳐다보았다. 이석권의 얼굴은 천천히 늙기 시작했다. 그러나 운정의 얼굴에는 어떠한 변화도 존재하지 않았다.

이석권의 네 눈동자가 흔들거렸다.

"어, 어떻게? 너, 너?"

운정은 열 반지들을 내려다보더니 말했다.

"흐음, 스스로 빼내지 않겠다니, 절 원망하지 마십시오."

운정의 오른쪽 팔부터 손과 태극지혈까지, 일순간 사라졌다. 그리고 금세 원래의 모습을 드러냈는데, 오른손을 잡은 태극지혈의 칼끝에는 작은 핏방울이 맺혀 있었다.

이석권은 순간 느껴진 시원한 느낌에 자신의 양손을 내려다보았다. 그곳에는 동강 난 단면을 보여 주며 막 위로 솟구치는 그의 열 손가락이 있었다.

"크아악—!"

그는 양손을 부들부들 떨며 고통에 몸부림쳤다. 운정은 그에게 나지막한 목소리로 말했다.

"반지를 그냥 빼내었으면 되지 않습니까? 그럼 이리 고통스러울 일도 없는데."

"너, 너어! 이, 이! 이 자식이!"

운정은 태극지혈을 땅에 박아 세우더니, 곧 오른손으로 둥그런 공을 만들어 이리저리 움직였다. 그러자 놀랍게도 그의 손에서 생성된 바람이 땅에 떨어지던 열 손가락을 하나씩 들어 그와 이석권의 눈높이까지 올렸다.

이석권은 이해할 수 없다는 듯 그 광경을 바라보았다. 운정은 바람에 정신을 집중하고, 잘려 나간 손가락에 끼어진 반지들을 하나둘씩 모두 빼내었다. 이번에는 마지막 붉은빛 반지까지 말썽을 피우지 않아, 손쉽게 그것들을 얻을 수 있었다.

반지들은 운정의 품속으로 쏙 들어갔다.

"손을 앞으로 뻗어 보시지요. 치료해 드리겠습니다."

이석권의 얼굴에는 드디어 두려움이 깃들었다.

"너, 너 무슨 수작질이냐?"

"손목까지 잘라야 하겠습니까? 그래야 손을 뻗으시겠습니까?"

이석권은 소름이 끼치는 것을 느꼈다. 아무런 감흥도 없이 하는 말이라 더욱 진심이 느껴졌다. 그는 자기도 모르게 양손을 펼쳐 그의 앞에 내놓았다. 운정은 작은 미소를 짓더니 잘려 나간 열 손가락을 바람으로 다루어서 각각의 잘린 단면에 맞게끔 이어 주었다.

그리고 그는 아직도 덜렁거리는 양 손목을 진맥하듯 잡았다. 그리고 그 안으로 기운을 불어 넣어서, 양 손목의 뼈가 맞취지는 것은 물론, 잘린 열 손가락이 다시금 붙을 수 있도록 도왔다.

조금의 시간이 지나자, 이석권은 잘려 나간 열 손가락을 모두 움직일 수 있었다. 자신의 의도대로 이리저리 꿈틀거리는 열 손가락을 내려다보던 이석권은 지금 자신이 느끼는 감정이 무엇인지 알 수 없었다.

두려움?

공포?

아니다.

이건 평생 처음 느껴 보는 것이라 뭐라 표현해야 할지 알 수가 없다.

운정은 무표정한 이석권을 보고 만족한 미소를 짓더니 말했다.

"진작 엄지에서 붉은 반지를 뺐으면 이런 귀찮은 일이 없지 않습니까?"

"……."

"자, 그럼 매향검을 다시 쥐시지요."

운정이 오른손을 공중에 휘젓자, 매향검이 둥실 뜨더니 이석권의 손아귀에 쥐어졌다. 운정은 태극지혈을 왼손에 역수로 잡고 허리 뒤로 뒷짐을 졌다. 그리고 서서히 물러났다.

이석권이 그의 뒷모습을 보며 말했다.

"무… 무슨 짓이지?"

적당히 거리를 벌린 운정은 몸을 빙글 돌려 그를 보며 말했
다.

"방금 전 린 매와 이야기해 보니, 당신이 린 매를 죽이려 한
이유에 대해서는 린 매가 알지 않아도 된다고 합니다. 다만
둘은 무림인이니, 무림인의 방식으로 매듭짓는 것이 맞다고
해서, 저도 그에 동의했습니다."

"……."

"린 매? 준비됐어?"

이석권이 보니, 정채린은 막 자리에서 일어났다. 운정과 이
석권이 다투는 동안 고도의 정신 집중으로 심신을 다졌는지,
그 눈에는 강렬한 투지가 불타오르고 있었다.

그녀는 이석권에게 시선을 고정한 채로 고개를 끄덕였다.
운정은 역수로 들고 있던 태극지혈을 그녀에게로 던졌다. 정채
린은 그것을 가뿐히 받아 들더니, 숨을 가다듬고 그것을 천천
히 훑어보았다. 그러곤 숨을 후 하고 내쉬며 한 손으로 잡고
앞으로 뻗었다.

이십사수매화검공의 기본자세였다.

그녀는 눈을 살포시 감더니 말했다.

"숙부께서 말씀하시던 것이 사실이군요. 태극지혈은 매화검
만큼이나 화산의 검공에 어울린다더니… 태극지혈을 통해서

들어오는 기운이 조금 격하지만, 그것만 아니라면 매화검이라고 해도 믿겠어요."

운정은 고개를 끄덕이더니, 이석권에게 말했다.

"자, 장로님, 린 매와 시시비비를 가리시지요. 동일한 조건에서 싸워야 하니, 제가 마법에 관계된 것을 모두 제거한 것입니다. 만약 혹시라도 다른 수로 또다시 마법을 사용하려 하시면 제가 나서서 제지할 것입니다."

"……."

"초절정이시니, 절정인 린 매를 상대로 사정에 손속을 두실 줄 믿습니다."

정채린은 고개를 살짝 저었다.

"괜찮아요. 화산을 팔아먹은 저런 자에게 결코 지지 않아요."

운정은 방긋 웃더니 양손을 펼치며 말했다.

"자. 승부를 가리십시오."

지금까지 그 광경을 찬찬히 보던 이석권의 입에서 결국 웃음소리가 흘러나왔다.

"크. 크흑. 크하. 크하하. 크하하하. 하하하!"

그의 광소가 동굴 전체를 끝없이 울렸다. 그러다가 일순간 웃음을 뚝 그친 그는 무표정한 얼굴로 운정을 돌아보며 말을 이었다.

"과연 조화경의 고수로다. 무위도 무위지만 그 오만방자함
도 하늘을 찌르는군. 하지만 네가 언제까지 그리 오만할 수
있는지 내 저승에서 똑똑히 지켜보겠다."

이석권은 그렇게 말한 뒤, 매향검으로 자신의 심장을 찔렀
다. 그리고 앞으로 고개를 푹 숙였는데, 예상치 못한 그 모습
에 운정과 정채린의 얼굴이 굳었다.

검은 심장을 뚫고 붉은 선혈이 폭발하듯 뒤로 쏟아졌다. 전
신에서 서서히 피가 사라지자 피부는 푸르른 빛을 띠기 시작
했다. 몸은 앙상하게 변했고, 피부는 가죽이 되어, 근골을 그
대로 보여 주었다.

하지만 쓰러지지 않고 그대로 우두커니 서 있었다.

운정은 그 모습을 지켜보다가 정채린에게 말했다.

"욘은 죽은 이의 몸을 빼앗었어. 이석권 장로가 자결한 것
은 혹 그에게 온전히 몸을 내주기 위한 것이 아닌가 해."

괴상한 그 광경을 보면서도 정채린은 운정의 말을 이해했
다. 그녀는 다급하게 말했다.

"그럼 태극지혈을 운 랑께서 쓰시는 것이 좋겠습니다. 아무
래도 제가 들고 있는 것보다는 낫겠지요."

정채린은 오른손에 든 태극지혈을 운정 쪽으로 던졌다. 운정
은 손을 뻗어 태극지혈을 잡으려 했다. 그러나 그의 손에 잡히
기 일보 직전, 그 태극지혈이 공중에서 우뚝 멈췄다. 감속(減速)

이 전혀 없이 일순간 정지하는, 있을 수 없는 일이었다.

심상치 않다는 걸 느낀 운정은 본능적으로 바람을 일으켰다. 그러나 태극지혈은 바람에 영향을 전혀 받지 않고 한쪽으로 휩쓸려 날아갔다. 그곳에는 가슴에 매향검을 박고 고개를 푹 숙인 채 죽어 있는 이석권이 오른팔 하나만 앞으로 뻗고 있었다. 태극지혈은 그 오른손에 탁 하고 잡혔다.

운정의 오른 손목에 바람의 팔찌가 휘감겼다. 태극지혈과 이석권의 손아귀 사이에 공기가 팽창하며 태극지혈이 위로 둥실 떠올랐다. 하지만 공중에 뜬 태극지혈은 곧 설명할 수 없는 힘에 의해서 다시 떨어졌다.

칼날이 이석권의 손바닥 중앙을 뚫고 들어갔다.

피슛─!

"……."

"……."

운정은 서서히 손을 내렸다. 잡고 있는 것이 아니라 손을 관통하고 있는 것이라면 그가 사용하는 바람의 술법이 적용될 수 없기 때문이다.

그때 이석권의 고개가 들려졌다. 네 개의 연보랏빛 눈동자가 번뜩였다. 그 눈동자는 모두 운정을 향하고 있었다.

이석권, 아니, 욘이 말했다.

한어로.

"재밌군. 재밌군. 재밌어. 어찌 된 것이지? 어떻게 이런 일이 일어난 것이지? 숙주와 융화한 것인가? 아니면 대신한 것인가? 왜 그런 일이 일어난 것이지? 놀랍기 그지없어."

운정은 그를 노려보더니 말했다.

"욘입니까?"

욘은 미소를 지었는데, 이미 경직이 시작된 얼굴이 제대로 된 미소를 그려낼 리 만무했다. 그가 말했다.

"그렇다. 이렇게 대화하는 건 두 번째군. 아니, 첫 번째라 봐야지. 네게 일어난 일이 무엇인지 당장에라도 학습하고 싶군."

"무슨 소리를 하는지 모르겠습니다. 질문에 대답하십시오. 당신의 목적은 뭡니까? 무엇을 위해 무당산의 정기를 갈취하신 겁니까? 화산파의 정기도 갈취하시려고 하십니까?"

욘의 네 눈동자 중 두 개가 정채린을 향했다.

"글쎄. 네 여자가 더 잘 알겠지. 디아트렉스는 잘 있나? 내가 무서워서 그림자 밖으로 나오지도 못하고 있군, 클클클. 하긴 태어나자마자 몸을 뺏겼으니, 다시는 그런 일을 겪고 싶지 않겠지."

네 개의 눈동자가 활짝 펴지더니 정채린과 그림자 사이를 마구 훑었다.

마치 두 사람이 보는 것 같은 시선을 느낀 정채린이 물었다.

"당신은 무당산의 정기와 화산의 정기로 디아트렉스를 만들고 몸을 빼앗으려 한 것이 맞습니까?"

네 눈동자가 갑자기 멈췄다. 그러더니 욘이 흥미롭다는 듯
말했다.

"오호? 그걸 아는 것을 보니 그 마족과 계약에 성공했나 보
군. 마법에 대해서 아무것도 모르는 것 같은데, 흐음. 그렇다
면 계약의 내용은 간단할 수밖에 없겠어. 원수를 갚아 줘라,
힘을 줘라, 뭐 그 정도… 흐음. 전자면 이미 나를 공격했겠고,
후자면 마기가 느껴져야 하는데 없으니… 나를 보호해라 정도
겠지. 그럼 내가 생명의 지장이 없게 제압만 하면 그 마족이
나설 일은 없겠군."

그렇게 말한 욘은 태극지혈을 정채린 쪽으로 뻗었다. 그것
이 반쯤 뻗어졌을까? 그의 복부에서 폭풍이 몰아쳤다. 모든
힘을 다해 그에게 날아온 운정이 무당파에서 가장 파괴력이
강한 천강복마권(天剛伏魔拳)을 내질렀기 때문이다.

퍼—억!

욘의 복부가 터져 나가며, 뒤로 장기들이 쏟아졌다. 심장에
박혀 있던 매향검도 그 힘에 휩쓸려 아무렇게나 내팽개쳐졌
다. 하지만 욘은 태연했다. 그의 표정이나 팔의 움직임에는 아
무런 변화도 없었다. 마치 그의 몸이 아니라 다른 몸이 터진
것처럼, 아무것도 느끼지 못하는 듯 보였다.

영창을 마친 욘의 입술이 움직였고, 그의 손등에 박힌 태극

지혈에서 빛이 났다.

[파워―워드 할트(Power―word Halt)].

운정은 공간이 한순간에 축소한 것을 느꼈다. 전 세계로 뻗어 있던 공간의 끝이 찰나의 순간에 그의 피부 위를 덮어 어느 방향으로도 나아갈 수 없게 된 것이다. 마치 온몸이 굳어 버린 듯했다.

운정은 차분히 눈을 감았다. 그리고 수만 가지의 해결책을 생각했다. 정체를 알 수 없는 수법에 당했지만, 입신의 정신력은 조금의 감정의 동요도 허락하지 않았다.

우선 그는 내력을 전신으로 뿜어 보려 했다. 그러나 그의 내력은 피부 위 공간 속을 맴돌기만 할 뿐, 조금도 밀려나지 않았다. 만약 상대적인 힘으로 몸을 구속하는 것이라면 조금이라도 밀렸을 터.

이는 그 줄어든 '공간'은 '힘'의 차원에서는 무한한 힘으로 대변된다는 것이다. 아무리 강한 힘이라 할지라도, 줄어들고 휘어진 공간 앞에서는 무용지물. 그러니 유한한 것으로는 무한한 것을 뚫을 수는 없다.

그렇다면 지금 그에게 무한한 것이 무엇이 있는가? 무한한 힘인 공간을 어찌 뚫어 낼 수 있을까?

욘은 자신감을 되찾은 표정으로 운정을 보았다. 그는 곧 태극지혈을 들어, 운정의 미간 가까이 가져갔다. 그러자 완전히 축소된 그 공간에 작은 구멍이 생겼다.

욘이 태극지혈을 다시 한번 흔들었다, 그러자 운정의 품에 있던 월지가 품속에서 나와, 그 작은 틈새를 통해 축소된 공간 밖으로 나갔다. 그리고 욘의 열 손가락에 스르륵 들어갔다. 그가 태극지혈을 또 한 번 흔들자, 그 공간의 틈새가 소멸했다.

하지만 욘은 몰랐다.

그 틈새가 소멸하기 전, 운정이 자신의 바람을 흘려보낸 것을.

그 바람은 미약했지만 좁아드는 그 틈새에 실처럼 꾀여 있어, 그 틈새가 완전히 소멸되지 못했다. 이는 무한한 힘이 무한하지 않게 된 것과 다름없었다. 운정은 차분히 그 바람의 길에 천천히 더욱더 강한 바람을 불어 넣기 시작했다.

욘은 자신의 손가락에 낀 월지를 내려다보며 즐거운 표정을 짓다가, 문득 뒤에서 느껴지는 인기척에 몸을 돌렸다.

그곳엔 어느새 매향검을 주워 든 정채린이 은밀히 다가와, 그것을 크게 휘두르고 있었다.

피슛—! 피슛—!

두 번의 칼질로 욘의 왼 손목과 오른 손목이 동강 나 버렸다. 손목이 절단되며 그나마 남아 있던 핏물을 내뿜었다.

하지만 분명히 땅으로 떨어져야 할 두 손은 그대로 팔에 붙어 있었다. 그의 손등에 박힌 태극지혈도, 열 손가락에 낀 월지도 그대로 있었다.

욘은 씨익 웃더니 정채린을 돌아봤다. 그리고 오른손을 들어 소지를 그녀에게 뻗었다. 그 손가락에 낀 반지에선 회색빛이 일어났으며, 욘의 입에선 마법이 시전됐다.

[바인드(Bind).]

반지에서 회색빛이 일직선으로 뿜어져 정채린의 미간에 꽂혔다. 그 순간 그녀의 동공이 완전히 확장되었고 그녀의 표정은 감정을 잃었다. 그녀는 그 자리에 선 채로 정신을 잃은 듯 멍하니 있었다.

욘은 왼손을 뻥 뚫린 자신의 배 속에 넣어 너덜거리는 폐를 움켜잡더니, 숨을 마셨다가 내뱉으며 말했다.

"매향검을 버려라."

그 말이 끝나기 무섭게 정채린의 두 눈에 생기가 차올랐다. 그녀는 기쁜 듯 매향검을 즉시 버렸다. 사악한 웃음을 지은 욘은 손목을 들어 태극지혈을 자신의 머리 위로 뻗었다. 그의 오른손 약지와 태극지혈의 끝에서 푸른빛이 일어났다.

푸른빛의 마법이 시전되자, 그가 흘린 피가 점차 그에게로 다시 흘러들어 가기 시작했다. 그뿐만 아니라 뼈, 근육, 장기 등등 원래 그의 몸에 속해 있었던 모든 것이 다시금 제자리로 돌아가며 그의 몸을 수복했다. 손목까지 말끔히 완치된 것을 확인한 욘은 옆에서 눈을 감고 우두커니 서 있는 운정을 내려다보며 말했다.

"좋은 실험체를 둘이나 얻다니. 역시 이곳은 참으로 좋은 곳이야, 클클클. 네가 아무리 발버둥 친다 해도 절대명령을 거스를 순 없을 것이다. 임모라가 아닌 것으로 판명 나……."

그 순간 운정의 눈이 번뜩 떠졌고, 그의 이마 앞에서 바람이 뭉쳐 작은 송곳 같은 것으로 변했다. 그리고 욘이 이렇다 말을 꺼내기도 전에, 그것이 욘의 뇌를 꿰뚫어 버렸다.

정확하게는 운동을 담당하는 소뇌였다.

털썩.

욘은 앞으로 꼬꾸라졌다. 동시에 정채린의 두 눈이 다시금 멍하니 변했다. 운정은 갑자기 공간이 확장되는 것을 느꼈고, 곧 그 자리에 주저앉았다. 그는 정채린을 향해서 손을 뻗으려고 했는데, 그의 육신은 그의 말을 듣지 않았다.

운정이 겨우 입을 벌려 말했다.

"하아, 하아, 이럴 때 무당의 술법이 통해서 다행이야. 리, 린 매? 내 말이 들려?"

정채린은 아무 소리도 듣지 못하는 듯 가만히 있었다. 운정은 한참을 그렇게 격하게 숨을 쉬어야만 했다.

그는 어느 정도 숨을 고르고 내면을 살폈는데, 역시나 건기와 곤기는 조금도 존재하지 않았다.

그때 공동 한쪽에서 공간이 찢어졌다.

탁.

앞에서 들린 소리에 운정이 고개를 들어 보니, 고바녠과 로스부룩이 막 땅에 착지하고 있었다. 로스부룩은 운정만큼이나 엉망인 꼴로 그 자리에 누워 버렸고, 고바녠은 멀쩡한 상태였다. 그녀는 빠르게 로스부룩에게 다가가, 그의 허리춤에 있는 자신의 지팡이를 회수했다.

이후 주변을 탐색하며 빠르게 움직이던 고바녠의 시선이 욘의 시체에 멈췄다. 정확하게는 그가 착용하고 있는 월지.

그녀는 월지에 시선을 고정한 채 운정에게 물었다.

"역시 마스터께서 관련된 일이었군. 무당파 도사, 마스터가 쓰시던 이 시체는 언제 죽은 거지?"

운정의 두 눈에 패색이 짙어졌다. 그는 로스부룩을 흘겨보았으나, 로스부룩은 고개를 겨우 저을 수 있을 뿐이었다.

그는 숨을 가다듬으며 고바녠에게 말했다.

"린 매는 살려 주십시오."

"상황 파악이 된 듯하니 대답이나 해라. 저 화산파 여인이 어떻게 되든 내 알 바 아니니까. 내 심기를 건드리지만 않으면 놔주마. 저 몸, 죽은 지 얼마나 되었나?"

운정은 마른침을 삼키고 정채린을 보았다. 정채린은 전처럼 멍한 표정으로 가만히 서 있을 뿐이었다.

운정이 고바넨을 보며 말했다.

"방금입니다."

"더 정확하게."

"바, 반 각도 되지 않았을 겁니다."

그 말을 들은 고바넨의 얼굴에 희색이 감돌았다.

"그럼 아직 계시겠군, 후훗."

그녀는 천천히 그 시체로 다가간 뒤에, 자신의 지팡이를 그 머리 위에 올려놓고는 마법을 영창했다.

얼마나 주문을 외웠을까? 그녀가 큰 소리로 외쳤다.

[파워―워드 익스팅귀시(Power―word Extinguish)].

마법이 시전되자, 시체의 이목구비에서 검은 연기가 스르르 피어올랐다. 동시에 붉은빛 반지에서 붉은 빛이 잠깐 일어났다 사라졌다.

그것을 육안으로 확인한 고바넨의 얼굴은 쾌락으로 찡그려졌다. 그녀는 서둘러 그 시체의 열 손가락에서 월지를 빼고는 하나하나 자신이 착용했다. 그리고 양손을 앞으로 뻗어 이리저리 확인하는데, 마치 소녀가 어여쁜 장식품을 보고 기뻐하는 모습 같았다.

그런데 마지막, 오른손 소지에 낀 회색빛 반지를 보더니 인상을 찌푸렸다.

"Tahw? yhw si ti deretsiger? Ha. S'ti uoy!"

고바녠은 정채린을 돌아보았다. 그녀는 비릿한 미소를 짓더니 이번에는 운정에게 말했다.

"마스터는 여인에게 아무런 관심이 없으셨는데, 왜 노예로 만드신 거지? 아하, 보아하니 네 눈앞에서 몸을 탐해 네가 망가지는 걸 즐기려고 하셨군, 후훗."

"……."

고바녠은 좋은 생각이 난 듯 고개를 여러 차례 끄덕이더니 운정 앞에 쭈그려 앉아 그의 눈높이에 얼굴을 맞추며 말했다.

"아까 이 여자의 목숨을 살려달라고 한 것까지 해서 생각해 보면… 흐음, 네가 이 여인을 사랑하는 것이 분명하다. 그러면 이 여인의 생사를 내가 쥐고 있는 한, 너는 내가 하는 말을 들을 수밖에 없지, 안 그런가?"

"……."

운정은 아무런 말도 할 수 없었다.

고바녠이 즐거운 듯 말을 이었다.

"좋아. 넌 마교에 들어가서 내 수족이 되어 줘야겠다. 네 애인이 무탈하기를 바란다면 말이지. 그런 눈으로 보지 마라. 이 여자가 마스터에게 간살당할 뻔한 걸 내가 구해 준 거니까. 게다가 지금 난 얼마든지 너희를 다 죽여 버릴 수 있다고. 하지만 네가 나에게 보였던 호의를 생각해서 참아 주지. 이런 행운이 따를 줄이야, 후훗. 아, 이왕 이렇게 된 것 반지의 힘을 실험해 봐야겠군."

그녀는 무릎을 펴고 일어나서 지팡이를 들고 로스부룩을
향해 뻗었다. 오른손 중지에서 주황 빛이 나는 것을 본 운정
은 입을 벌렸지만, 말이 나오기도 전에 마법은 시전되었다.

[드레인(Drain).]

"크학!"

로스부룩은 비명을 지르며 나뒹굴었다. 주황 빛은 긴 선을
만들었는데, 로스부룩의 몸에서부터 강렬한 빛이 일어나 그
선을 타고 반지를 향해 들어갔다. 그때마다 로스부룩의 몸은
송장처럼 말라 가더니, 이내 목숨을 잃었다.

운정은 그것을 바라보며 하늘이 무너지는 듯한 무력감을
느꼈다. 몇 번이고 기혈을 살폈지만, 방금 전까지도 넘쳐흐르
던 선기는 온데간데없었다.

고바넨은 주황 빛을 털어 내더니, 곧 정채린에게 다가갔다.
그리고 그녀의 가슴속에 손을 집어넣고 주물럭거리며 운정을
향해 고혹적인 눈빛을 흘렸다.

"탐스러운 가슴이야. 수많은 남자에게 둘러싸여 껄떡대는
모습이 연상되는군. 도사, 앞으로 내 말을 듣지 않으면, 이 여
자가 어떻게 될지는 더 말하지 않아도 되겠지?"

"……."

"후훗, 이제 그 개 같은 자식에게 복수할 일만 남았군. 다

음에 보자고, 도사. 내가 곧 연락을 취할 테니. 우선적으로 내 복수를 도와줘야겠어. 내 평생 가장 운이 좋은 날이군."

그녀는 그렇게 말한 뒤에 지팡이를 한번 공중에 휘적거렸다.

그러자 로스부룩이 가져온 마나 스톤과 페이즈 클록(Phase Cloak)이 모두 공중에 둥실 뜨더니, 그녀에게 날아갔다.

일부는 품에 넣고 일부는 손에 쥔 그녀는 지팡이를 뻗으며 마법을 영창했고 곧 공간이 그녀와 정채린을 집어삼켜 버렸다.

[텔레포트(Teleport).]

운정은 동굴 어디에서도 그들의 모습을 확인할 수 없었다.

쿠쿠쿵.

동굴 전체가 울리기 시작했다. 아쉽게도 고바넨은 동굴의 상태를 알지 못했고, 때문에 그녀가 시전한 공간마법은 섬세하지 않았다. 그 여파로 인해서 동굴은 유지될 수 있는 한계치를 넘게 되었다.

천장이 무너지며 돌 부스러기가 운정의 몸 위로 떨어졌다.

쿵―! 쿵―!

동굴 이곳저곳은 이미 흙먼지로 완전히 뒤덮였다.

운정은 더 이상 감당할 수 없는 절망감에 온몸의 힘이 모두 빠져나가는 것 같았다.

무당파 사당궁(祠堂宮)에서 느꼈던 그 무력감이 다시금 온 몸을 감싸 안았다.

감정의 늪에 빠진 듯한 기분을 느낀 운정은 오로지 하나의 생각밖에 할 수 없었다.

디딤돌.

이 또한 그저 디딤돌일 뿐.

그 순간 뇌리에 스치는 것이 있었다.

지금까지 그가 거부했던 것.

검선 이소운의 태극마심신공(太極魔心神功)!

『천마신교 낙양본부』6권에 계속…